넘어지는 기쁨

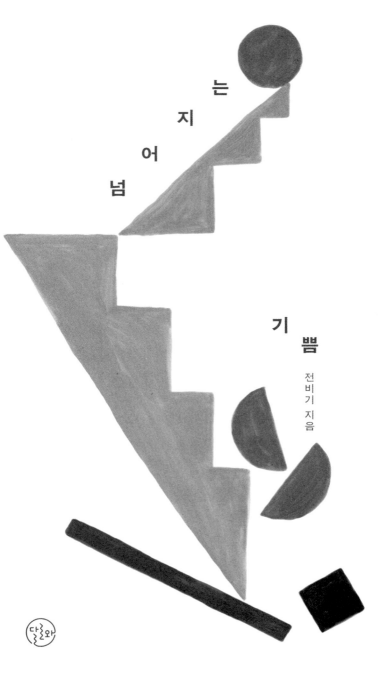

넘 어 지 는

기 쁨

전비기 지음

목차

나의 옳은 왼손 ⋯⋯⋯⋯⋯ 7

구멍 난 코트 ⋯⋯⋯⋯⋯ 15

땅굴 ⋯⋯⋯⋯⋯ 21

첫사랑의 교훈 ⋯⋯⋯⋯⋯ 29

가짜 꿀, 가짜 나 ⋯⋯⋯⋯⋯ 35

연습용 인간 ⋯⋯⋯⋯⋯ 41

사라지는 땅 ⋯⋯⋯⋯⋯ 47

지름길 마다하는 지각생 ⋯⋯⋯⋯⋯ 53

안녕만 하세요 ⋯⋯⋯⋯⋯ 59

살려는 자, 귀여워'하'라 ⋯⋯⋯⋯⋯ 67

미운 놈 딸기 하나 ⋯⋯⋯⋯⋯ 75

특선 모둠회 ⋯⋯⋯⋯⋯ 79

고추였던 것 ⋯⋯⋯⋯⋯ 85

마이웨이코어 ⋯⋯⋯⋯⋯ 93

피어싱 ⋯⋯⋯⋯⋯ 97

새해 ⋯⋯⋯⋯⋯ 109

손맛 없는 할머니 ················· 115

쥬단학을 모르세요? ················· 123

홈스테이 그랜마, 그랜마 스테이 홈 ················· 131

말을 하지 그랬어 ················· 141

물속의 나이테 ················· 149

하품 ················· 157

오, 해 ················· 163

친구가 될 확률 ················· 173

솔 ················· 181

있었다 ················· 195

잔돈 ················· 201

사불상 ················· 205

항해를 위한 증거 ················· 213

굴렁쇠와 다람쥐 ················· 219

나의 옳은 왼손

생애 첫 투쟁은 왼손, 왼손에서 시작됐다.

　그건 단순히 김치를 먹지 않겠다거나 장난감을 사달라고 조르는 유의 '투정'이 아니라, 정확히 '투쟁'이었다. 하루아침에 왼손 대신 오른손을 쓰라니 이게 무슨 말인가. 21세기가 오기 전에 지구가 멸망을 한다더니, 그 전에 내 세계가 끝나는 건가. 시간에 맞춰 자연스레 발달된 것뿐인데, 왼손잡이는 잘 못된 사람이란다. 물론 지금은 딱히 문제가 되지 않는 발달이지만, 그 시절에 다르다는 건 이상한 거였다. 그래서 다들 한 번은 걸고 넘어졌고, 개중 유독 별나게 나무라는 어른들이 있긴 했다. 그들은 상한가를 달리는 내 왼손의 성장세를 이상 징후로 여겼고, 다 들어온 복이 나가고 있다며 인상을 찌푸리기도 했다. 나는 용돈을 준 적도 없는 어른들의 말은 귓등으로도 듣지 않았기에 상관없었다. 그러나 교실에서 내 손을 붙잡고 악귀를 떼듯 흔들던 그 아저씨는 좀 힘들었다. 아, 선생님이라고 불러야 하는데 깜빡했네. 아무튼 모두가 보는 앞에서 불손한 종목으로 붙잡힌 내 왼손은 힘없이 덜렁거렸다. 손목이 잡히던 그 느낌이 너무 불쾌해, 오른손으로 연필심을 부러트릴 정도로 힘을 주며 억지 글씨를 쓰기도 했다. 나는 그림 그리는 것도, 글씨를 쓰는 것도, 찰 흙을 만지는 것도 좋아하는 어린이였는데, 그런 일 에 옳은 손이 따로 있다면 다 싫었다. 인위적으로 오 른손을 인식하라는 건, 조금 격하게 말해서 재활에 가까웠다. 인생 10년 차, 왼손잡이로 그 정도 살았으 면 무를 수 없었다. 다행히 그는 하루 잠깐 대타로 왔던 선생님이었다.

아빠는 종종 왼손으로 그림을 그려주었다. 모나 미 볼펜이 몇 번 슥슥 지나가면 당장이라도 달려들 것 같은 황소가 뚝딱 나왔다. 이렇게 아름다운 걸 묻 어두고 살다니. 아빠도 어린 시절엔 왼손잡이였다. 자신은 진작 버린 기질을 자식이 꼬옥 쥐고 태어났 다. 아빠는 나에게 오른손을 바라지 않았다. 왼손잡 이의 불편한 점을 걱정하며, 되려 미안해했을 뿐. 할 아버지의 강요로 힘들게 고쳤던 아빠는, 그 순간들 을 떠올릴 때면 늘 말을 흐렸다. 좋지 않은 기억임은 분명했다. 그래서 내가 왼손을 쓸 때면 아빠는 늘 어 린 자신을 보듯 부드럽게 타일렀다. 문을 여닫는 것 부터 시작해서 가위질, 글씨 쓰는 방향, 각종 버튼

등 세상 대부분의 것들이 오른손잡이를 위한 거라고. 그러나 난 괜찮았다. 처음부터 불편하게 살았으니 뭐가 불편한 건지를 몰랐다. 그러니 이렇게 계속 살겠다고.

내가 자발적으로 오른손을 쓴 건 취미로 좌뇌 훈련을 했을 때뿐이었다. TV에서 양손을 쓰면 좌뇌와 우뇌 발달이 골고루 된다는 이야길 들은 나는, [좌뇌 훈련용 오른손 노트]를 만들어 뭐든 적기 시작했다. 초등학생의 은밀한 취미였다. 남들 모르게 더 똑똑해지겠다는 그 다짐은 삼일천하로 막을 내리긴 했지만, 그것도 왼손을 포기한 선택은 아니었다.

왼손에 대해서는 그냥 잘못되었다는 답 말고, 명확하게 풀이해 주는 사람이 없었다. '저 어른들은 걱정해 주는 게 아니라, 눈에 거슬리는 게 싫은 건가 봐.' 어린 마음에 그렇게만 바라본 나는, 마음대로 그런 어른들을 악당으로 분류해 버리고는 쉽게 잊었다.

그런데, 절대 악당으로 만들 수 없는 사람이 나타난다면.

그는 내가 만난 사람 중, 처음으로 반 아이들을 공

평하게 골고루 호명하는 선생님이었다. 맞벌이가 드물었던 당시, 회사에 다녔던 우리 엄마는 담임 선생님에게 따로 인사 올 시간 따위 없었다. 그게 아니더라도 굳이 올 필요는 없다고 생각했다. 그때는 촌지라는 개념을 몰라서, 자주 보이는 친구 부모님들과 선생님이 절친이 되었나 보다 생각했다. 그래서 그 선생님들이 늘 부르던 이름만 부르며 나머지 아이들의 이름은 뒷전으로 여겨도 그러려니 했다. 그런데 모두를 눈에 담아두는 선생님이라니. 그마저도 내가 받아도 되는 마음인가 하며 유별나게 감사히 여겼다. 선생님의 애정이라는 건 이렇게 포근한 거구나. 그동안 편애받던 친구들의 이유 모를 당당함이 그제야 이해가 되었다.

　나는 내가 잘하는 게 그렇게나 많은지 몰랐다. 그는 손을 들고 발표를 시킬 때마다 꼭 잘하는 것 하나씩은 안겨주었다. 그럴수록 더 열심히 하고 싶었다. 내가 선생님의 주목을 받을 수 있었던 시간은 글쓰기 시간이었다. 그중에서도 오롯이 내 이야기에만 집중해 주는 일기 검사 시간이 가장 좋았다. 일기장에 선생님이 적어준 코멘트를 읽는 일이 하루의 큰 행복이었다. 나는 누구보다 일기를 열심히 썼고, 그렇게 보이도록 애썼다. 가끔은 내 하루를 채워나가는 것보다 선생님의 만족을 채우는 데 마음을 더 쏠 정도로.

"비기야 오른손으로 쓰는 연습을 해 봐."

어느 날 내가 기대한 것과는 전혀 다른 이야기가 들려왔다. 조용히 글쓰기를 하던 시간이었고, 돌아다니며 아이들을 살피던 선생님은 나지막하고 다정한 목소리로 상상하지도 못한 이야길 뱉었다. 이게 편해서요, 하고 웃었지만 왼손으로 쓰면 불편한 것도 많을 거라는 선생님의 권유가 은근한 강요처럼 느껴졌다. 학급 내 유일한 왼손잡이었지만, 내년이면 중학생이 되는 나에게 이제 왼손은 더 이상 고민거리도 되지 않던 시기였다. 그런데 다른 사람도 아니고 선생님이 그 이야길 꺼내니 당황스러웠다. 그의 마음에서 벗어나고 싶지 않았기 때문이다. 그 후로 나는 며칠간 선생님 앞에서 오른손을 쓰는 척했다. 선생님은 슬쩍슬쩍 내가 어느 쪽 손을 쓰는지 확인했고, 나는 그때마다 오른손으로 연필을 바꿔 쥐며 노력했다. 그 모습에 선생님이 미소를 보내도 전처럼 행복하지 않았다.

나는 결심했다. 왼손을 지켜내야겠다고. 그 방법

은 일기였다. 유일한 독자인 선생님의 대답을 위한, 그러나 나를 위한 일기를 쓰기로.

> 나는 왼손잡이가 좋다. 오른손으로 써야 하는 이유를 모르겠다. (중략) 어느 손으로 펜을 쥐어야 하는지 생각하느라, 쓰고 싶은 말도 다 까먹는다.

선생님을 향한 마지막 고백이었다. 그러나 큰 기대는 하지 않았다. 일기장을 제출한 날, 가슴이 콩닥거려 수업에 집중이 되지 않았다. 수업이 끝난 후 돌려받은 일기장엔 코멘트가 없었다. 대신 선생님의 부름이 있었다. 따끔한 한마디를 상상하며 한껏 움츠러든 나는 오만 가지 생각을 했다.

그러나 잠시 후, 교실을 나올 때 크게 웃을 수 있었다. 왼손을 지켜낸 거다. 나는 그날 태어나 처음으로 '어른'이라는 존재에게도 사과를 받을 수 있다는 걸 알았다. 선생님도 똑같은 어른이라고 생각하며, 일기장에서라도 투덜거리고 싶었던 내가 부끄럽기도 했다. 나는 집으로 가는 내내 선생님과의 대화를 떠올렸다. "그게 비기한테는 큰 스트레스였구나. 선생님은 왼손잡이 마음이 어떤지 몰랐어. 미안해. 선생님이 욕심을 냈어. 맞아. 어느 쪽으로 써도 괜찮아. 잘 쓰는 손이면 돼." 내가 잘못된 인간이 아니라는 걸 인정받는 그 기분. 그건 내 왼손을 너머 나를 향한 존중이었다. 그날 이후로 선생님과 내 왼손을 더욱 사랑하게 되었다.

　그 후 성인이 되어서 종종 나 같은 왼손잡이를 만나면, 이 사람도 생의 많은 시간을 싸워 이겨냈거나, 선생님처럼 좋은 어른을 만났을 거라는 생각에 동질감이 든다. 그리고 이제는 오른손을 쓰면 더 편하다고 다그치던 악당 어른들의 이야기도 이해가 된다. 그러나 여전히 나는 왼손을 쓴다. 지금 내 왼쪽 손목에는 'Right'이라고 적힌 아주 작은 레터링 타투가 있다. 나에겐 이쪽이 옳은 쪽이고, 이 손으로 옳은 일을 하리라 다짐하며. 이건 내 생애 마지막 투쟁이 될 것이다.
　옳은 손이 아니더라도 아무래도 괜찮은 나의 왼손을 위해서.

구멍 난 코트

할머니는 내게 엄마, 아빠이자 가장 오랜 시간 함께 하는 친구였다. 그런 할머니에게도 오래된 친구가 있었는데, 그건 누비로 된 황갈색 코트였다. 할머니는 피부가 새하얘서 눈동자도 하늘색 물감을 섞은 것처럼 푸른 갈색빛을 띠었다. 딱 그 눈빛과 잘 어울리는 코트였다. 초등학교 입학식, 바쁜 엄마 대신 할머니의 손을 잡고 나란히 운동장에 서 있는 동안, 나는 괜히 그 코트가 부끄러웠다. 모두 엄마 손을 잡고 섰는데 너만 할머니의 손을 잡아서 부끄러운 거 아니냐는 진실이 귓가를 두드렸지만, 그냥 낡은 코트를 탓하는 게 편했으니까. 그날 불던 찬바람도 치사했다. 화끈거리던 마음은 식히지도 못하고, 낡은 코트만 파고드는 것 같아서.

철딱서니 없는 체면을 머금은 채, 나는 삐딱하게 자랐다. 적은 용돈에 투덜대는 아이. 그 뻔한 아이는 샛길을 찾는다. 혹시 하는 마음에 일하고 뻗은 부모님의 겉옷을 살짝 뒤지기 시작한 거다. 그러나 항상 필요 없는 영수증과 껌 종이만 있어 풀이 죽을 뿐이었다. 지갑을 만지기엔 새가슴이었다. 이럴 땐 최후의 보루로 가야 한다. 이 샛길의 종착지, 할머니의 갈색 코트로. 할머니는 항상 그 옷을 입고 슈퍼를 갔기 때문에, 잔돈이 있을 거란 확신이 있었다. 게다가 처음엔 100원, 200원씩 나오던 코트 주머니는 세월을 머금어 구멍까지 나버렸고, 언젠가부터 운 좋게 500원짜리도 들어 있었다. 당시 내 하루 용돈이 500원이었으니, 할머니의 주머니에서 나의 하루가 통째로 굴러 들어온 셈이다. 나를 부끄럽게 만들던 할머니의 낡은 코트는 어느새 내일을 기대하게 만드는 존재가 되었다. 그렇게 열 살도 되고, 열아홉도 지나, 스무 살이 되었다.

고등학교 졸업 후 고향을 떠나 대학 생활을 하는 동안, 그 코트를 까맣게 잊었다. 할머니가 얼마나 오랜 세월을 머금고 있는지도 말이다. 아주 오랜만에 고향에 내려가니 할머니는 오래된 그 갈색 코트를 닮아 있었다. 객지 생활 동안 쌓인 서먹함을 녹이고 싶어, 할머니에게 실없는 소리를 하기 시작했다. 그렇게 하면 세월이 좀 벗겨지지 않을까 하는 기대감을 가지고서.

"사실 예전에 할머니 코트에서 동전 많이 가져갔는데…" 하고 농처럼 운을 뗐다. 어설픈 손녀의 잘

못을 꾸중이라도 하며 힘을 좀 내시라는 생각을 하며 기다리는데, 할머니는 이제야 그 이야기를 하냐는 듯 내 손등을 쓰다듬으며 웃었다. 그러고는 말씀하셨다.

"그래서 일부러 500원짜리로만 넣어둔 거라. 좋았제?"

맞다. 코트는 아무런 힘이 없다. 어려웠던 어린 시절에도 내일을 기대하게 했던 구멍난 코트. 동전이 화수분처럼 나오는 그 마법은 사실 할머니의 낭만이었던 거다. 없는 돈을 쪼개 주머니에 넣으면서도 신나 할 손녀딸 생각에 어찌나 웃었는지 모른다고. 그렇게 할머니는 손녀의 잘못된 행동을, 세련되게 꾸짖고 재밌게 품어주었다. 당신도 어려웠을 형편에, 손녀딸에게 '내일'이란 설렘을 주면서. 다소 파격적인(?) 고백 후, 할머니는 얼마 지나지 않아 세상을 떠나셨다. 그게 10년도 더 된 일이다.

그럼 나는 대단히 크게 변했는가, 하면 그건 아니다. 배가 뒤집힐 것 같은 폭풍우를 만나도 내일을 기대하는 미련한 사람이 되어버렸을 뿐이다. 내가 가는 항해에, 보너스 코인을 숨겨둔 할머니가 또 기다리고 있을 것처럼 자꾸만 희망에 부풀고 꿈을 키우는 그런 사람 말이다.

사실 그동안 그 버릇으로 몇 가지의 꿈도 이루고, 사랑도 이루었다. 500원 몇 개로 꽤 큰 소득 아닌가. 이다음에 세월이 흘러, 나도 동전을 숨겨놓는 사랑스러운 할머니가 된다면 더 바랄 게 없을 것 같다. 세월이 무섭지 않느냐지만, 나는 아직 받지 못한 선물이 있는 것처럼 설렌다. 시간은 흐르는 게 아니라, 쌓이는 쪽에 가까운 거니까 말이다. 하늘 위로 한가득 떨어지는 별똥별처럼, 머리 위로 쏟아지는 것. 개중엔 따끔한 부스러기도 있겠지만, 분명히 반짝이는 것 말이다.

할머니가 손녀 버릇을 단단히 잘못 들였지. 이러다 죽는 날까지 사는 건 즐거운 일이라고 오해하다가면 어쩌나 싶다. 하지만 어쩌겠는가. 낡은 코트 속 마르지 않던 500원이 그렇게 가르쳐 줬는데 말이다. 구멍을 막는 건 내일의 낭만이라고.

세월이 흘러 나도 비슷한 갈색 코트를 사게 되었다. 주머니 모양도 비슷했다. 일부러 그런 건 아니고 사고 보니 그랬다. 꽤 애착 코트처럼 입고 다녔더니, 똑같은 위치에 구멍이 났다. 오른쪽 주머니 안쪽, 정확히 500원이 드나들 만한 크기로 말이다. 나는 당시 영국에 있었고, 챙겨 온 겨울옷은 적었다. 게다가 같은 어학원에 다니는 친구들은 대부분 꽤 사는 정도가 아니라, 아주 잘 사는 친구들이었다. 나는 방에 앉아 홀로 주머니를 꿰매며 머리를 굴렸다. 이거 다 꿰매도 여간 우스운 게 아니겠는데. 그러다 피식 하고 웃었다.

다음 날 나는 귀엽다는 눈빛으로 어학원 친구들에게 꿰맨 자국을 설명했다. 이거 우리 홈스테이 할머니가 꿰매준 거야. 너무 다정하고 귀엽지? 정면 승부로 허풍을 떨고 나니, 그 낭만에 모두가 동조하는 눈빛을 보냈다. 다들 너무 좋은 분이라며 귀엽다고 웃었다. 그 웃음에 나도 덩달아 실밥 자국이 귀엽게 느껴졌다. 이제 나는 내일도 모레도 이 코트를 당당히 입을 수 있게 되었다. 할머니의 500원이 알려준 대로, 오늘의 나는 그렇게 내일의 낭만을 지켜냈다.

땅굴

사람은 저마다의 땅굴이 있다. 볕을 못 보던 시절, 숨기고 싶은 일들, 그렇게 수만 가지의 어둠이 묻혀 있는 구덩이 말이다. 나의 땅굴엔 도둑 여러 명이 묻혀 있다. 사람은 여럿인데 얼굴은 하나인 도둑들. 그들은 모두 내 얼굴을 하고 있다. 동네 슈퍼에서 도둑질을 하던 어린 나. 용돈으로는 못 사 먹던 과자를, 옷소매 속에 집어넣곤 어색하게 걸어 나가는 나. 식은땀이 가득한 이마를 훔치고, 불안한 가슴을 누르며 폐건물 구석에 웅크리고 과자를 꺼내 먹던 나. 자주색 패딩 소매엔 빼빼로같이 길쭉한 과자 박스가 들어갈 만큼의 공간이 있었다. 과자 상자를 넣고 소매 끝단을 움켜쥔 그 시간. 과자가 내 팔에 서걱거리던 순간. 손끝으로 힘을 주던 시간. 그 기억은 어른이 되어서도 종종 되살아나, 안녕하게 지내는 나를 괘씸하다는 듯 찾아왔다. 그럴 땐 가던 길을 멈추고 숨을 고른다. 급히 닦은 콧물로 소매 끝이 얼룩져 있던 나. 그런 소매 끝을 살펴볼 여력 없이, 손수건 따위는 챙겨줄 수 없이 바빴던 부모님을 늘 기다리던 나. 그 어린 도둑들이 내 땅굴에 산다. 그리고 그 구덩이 속을 유일하게 왔다 간 사람은 단 한 명, 할머니뿐이다.

못된 도둑질은 그리 오래가지 못했다. 수법이 빤해 대형 마트에서 걸린 거다. 할머니가 달려왔다. 할머니는 마트 보안 직원에게 연신 미안하다 죄송하다 사과를 했다. 등짝이라도 씨게 맞을 각오를 하고 눈물을 뚝뚝 흘렸다. 겁이 났다. 이런 게 TV에서 보던 두 줄을 긋는다는 거겠지. 나는 식탐보다 호기심이 많았지만, 겁은 그보다 더 많았다. 온몸이 덜덜 떨렸다. 히터 하나 없는 보안실의 공기는 너무 차가웠다. 난 이제 정말 부끄러운 아이가 된 거야. 피곤함이 가득한 엄마, 아빠의 얼굴에 실망감까지 얹힐 생각을 하니 가슴이 답답했다. 사실 과자 정도야 더 사달라고 조를 수도 있었겠지만, 용돈 좀 더 준다고 우리 집이 망하지는 않았겠지만, 엄마는 목표가 뚜렷했고 아주 많이 엄한 사람이었다. 엄마를 아주 사랑하는 것과 별개로 사실이 그랬다. 그래서 뭔가를 원한다고 말했을 때, 무슨 일이 벌어질지 종잡을 수가 없는 경우가 많았다. 갑자기 엄마와 아빠 서로에게, 또는 TV를 보고 있는 언니에게 불똥이 튀거나, 갑자기 구두칼을 들거나, 할머니까지 목소리가 커져 집안 자체가 앓는 소리로 가득해지거나, 셀 수 없이 많은 이상한 일들이 펼쳐졌다. 해서 나는 점점 바라는 걸 표현할 수 없는 아이가 되었다. 그게 돈이든 시간이든 어차피 다 안 될 것 같았다. 너무 원하는데 몰라주면 삐죽거리며 울 뿐이었다. 나는 정말 이기적인 아이가 맞나 보다. 왜 나는 욕심이 많은 아이가 되었을까. 짧은 순간에 엄청나게 깊은 구덩이를 파며 책상에 이마를 댄 채 웅크리고 있었다.

잠시 후, 상황을 정리한 할머니는 나를 데리고 조용히 마트를 나왔다. 집으로 가는 동안 우리는 멀찍이 떨어져 걷지도 않았고, 할머니는 자꾸 뒤처지는 나를 힐끔 보며 기다렸다가 함께 나란히 걸었다. 할머니는 말이 없었다. 집에 도착해선 할머니는 식탁으로 저벅저벅 걸어가 물을 한 컵 벌컥 마셨다. 이제 어떤 벌이 내려질까. 두려움에 자꾸만 울음이 새어나오는 걸 꾹 참고 식탁에 앉았다. 그런데 할머니는 육이오 전쟁 이야기를 꺼냈다. 나의 증조할아버지, 그러니까 할머니의 아버지 이야기를 말이다.

할머니는 꽤 부유한 집안의 딸이었다. 할아버지를 남편으로 만나기 전까지는 큰 고생 없이 곱게 자라왔다고. 그치만 그건 할머니 집안의 부유함보다 할머니의 아버지인, 증조할아버지 덕분이었다. 할머니는 평소엔 점잖게 굴다가도 당신 아버지 이야기만 하면 눈이 반짝였다. 그 정도로 할머니에게 아버지란 빛이고 별이었을 거다. 그 빛을, 이 타이밍에 꺼낸다는 건 무슨 의미일까. 귀를 기울였다.

할머닌 육이오 전쟁을 겪은 세대다. 어린아이였던 할머니와 자매들은 아버지의 손에 이끌려 산으로 피난을 갔다. 얼마 가지 않아 어린 여자아이들은 주저앉아 흐느꼈다. 언제 들이닥칠지 모를 위급 상황을 위해 도망가야만 했지만, 두려움이 자매들을 가로막았다. 할머니는 말했다. 갑자기 아부지가 자매들의 어깨를 끌어안고 깊은 산으로 들어갔다고. 가장 안전해 보이는 곳에 자리를 잡고는 결심했다는 듯 땅굴을 팠단다. 울먹이던 할머니의 자매들도 아버지의 갑작스러운 행동에 울음을 멈추고, 땅굴 파기를 도왔다. 성인 다섯 명이 들어갈 정도로 땅굴을 팠으니 얼마나 힘들었겠느냐고. 그러고는 딸들을 그 구덩이 안에 조심히 내려놓고는 말했단다. 아부지가 올 때는 손가락으로 탁탁탁 다섯 번을 치겠다고. 그렇게 판자때기를 위에 덮고는 낙엽과 흙으로 할머니와 자매들을 숨겨주었단다. 지금 생각하면 어떻게 땅속 구덩이에 지낼 수가 있었을까, 겁이 나서 일찍 도망쳤을 것 같단다. 그런데 그땐 아니었단다. 아부지가 곧 오실 테니까. 그 믿음 하나로 아무렇지가 않았다고. 아부지가 와서 나무판자를 젖히고 빛이 사악 들어올 때, 거긴 구덩이가 아니라 따뜻한 둥지였다고. 그만큼 기대하는 일이 있다는 건 사람을 강하게 한다고.

당시 나에게 희망과 기대라는 건 늘 나를 날아오르게 하는 가벼운 것들이었다. 그 밀도 낮은 포근함에 기대어 두루뭉술한 구름까지 타고 오르는, 그러나 어차피 손을 뻗어도 만져지지 않는 것. 간밤에나 꾸는 꿈보다 못한 것들. 그러니 희망과 기대는 내가 가질 게 아니라 곧 내려와야 할 마법 풍선 같았다.

그러나 불안은 어때. 불안은 늘 계획적이고 구체적이고 치밀하다. 언제나 내 곁에 숨어 있다가 등장한다. 하던 것도 멈추고 내 몸에 찰싹 붙어서는 다양한 불행의 경우의 수를 읊어대지. 그러니 늘 불행이, 불안이 이겼다. 치밀하게 그려내는 불안은 한껏 무게를 가지고 나를 현실로 내려놓는다. 그래. 그럼 희망도 좀 구체적으로 그려보면 어때. 아무리 작은 거라도 바짝 모으면 불안감을 이길 만큼 무거워지지 않을까.

"그래. 니가 너거 어마이 아부지 힘든 걸 아니까 그랬제. 사달라 해도 기대할 기 없어가."

할머니는 그 말을 끝으로 조용히 밥을 차리셨다. 나는 할머니가 있어서 괜찮다고, 그러니 앞으로는 안 그럴 거라고, 고맙다고, 오늘 저녁은 뭘 먹느냐고, 그런 말을 꺼내기엔 너무 어렸다. 목소리를 넘지 못한 희망들은 내 몸 하나도 감싸기 모자랐으니까. 콧물을 팽 풀고 눈물 자국이라도 잘 지우자. 수저라도 먼저 깔아두자. 그렇게 할 수 있는 것들을 했다. 그때 만약 할머니에게 그 말을 했으면 좀 더 따뜻했을까. 참 얄궂게 그 후로도 난춘(暖春)을 향해 달려 갔지만 결국 난춘(亂春)이었으니.

첫사랑의 교훈

'훔치고 싶다.'

　교복 생활이 조금 익숙해졌을 쯤 알게 된 얼굴이었다. 그 애는 어느 순간부터 아무런 예고도 없이, 불쑥 얼굴부터 들이미는 인사를 했다. 반가움을 몽땅 드러내는 게 당황스러웠다. 홀랑 뒤집어 깐 마음인데 어떻게 먼지 하나가 없을까. 살면서 한 번도 거절을 받아본 적 없는 듯한 얼굴. 제 인사를 당연히 반가워할 거라는 믿음. 마음을 숨겨본 적 없는 눈동자. 아무런 상처 없는 안녕. 인사는 반복되었다. 같은 시간, 어김없이 찾아와 손을 흔들며 내 시선 끄트머리에서 반짝거렸다. 그 열기는 모른 체할 수 없게 얼굴에 흠뻑 묻어, 식기도 전에 매일 차곡차곡 쌓였다. 대신 등 뒤로는 긴 그림자가 생겼다. 거슬리기 시작했다. 첫사랑이라는 말을 갖다 붙일 줄 모르는 시절이었다. 그래서 교활한 생각이 떠올랐다. 저 얼굴을 훔치고 싶다고.

　몸 깊은 곳에서 무한정으로 솟아나는 자연스러움이 너무 탐났다. 당장이라도 달려들 것 같은 장난스러운 눈빛을, 눈부심에 잠깐 찡그려도 좋다는 듯 계산 없이 마구 흔드는 저 손을, 나였다면 머릿속으로 수십 번 고민했을 농담을. 나는 그 애가 마주쳤을 다정한 시간을 상상해 보았다. 돌부리를 만나면 삽을 건네는 사람이 나타나고, 길을 잃으면 보물 지도를 발견하고, 다리가 아파 주저앉으면 태워줄 차가 도착했을 것이다. 그러니 늘 반짝이게 됐겠지. 그렇게 비밀번호는커녕 잠금화면도 없는 얼굴이 되었을 거다. 절대 스스로 그렇게 됐을 리는 없어. 그러니 나도 자격이 있어. 괜히 화가 났다. 그래서 훔치고 싶었다. 그 에너지를 나에게 똑같이 새기겠다고. 시기와 질투, 갈망, 다 대충 한 데 묶어서 사랑. 그런 말로는 설명할 수 없는 비굴한 도벽이었다.

좀 웃으라는 말이 왜 그렇게 아팠을까. 어린 나에게는 그랬다. 보통 그럴 땐 웃을 상황도, 기분이 나아질 상황도 아니었으니까. 어른들이 억지로 웃음을 쥐여줄수록 내 웃음은 어설퍼졌다. 이런 분위기를 만든 건 내가 아닌데, 왜 내 웃음으로 해결을 하려는 거지. 잠깐이라도 쥐어짤 기쁨이 딱히 없었을 때라 그랬을 수도 있다. 아주 어릴 때 사진을 보면, 웃음을 머금어 땡글땡글하게 솟은 이마와 볼에 햇

빛이 골고루 떨어져 있던데. 그러다 어느 순간부터는 힘이 바짝 들어간 미간과 시무룩한 입꼬리가 디폴트 값인 내가 서 있다. 알 수 없는 것들에 경계가 가득한 얼굴. 언제부터 그랬더라. 흐린 기억을 더듬는 척하다 만다. 이미 알고 있기 때문이다. 구체적인 언어로 그 순간들을 뱉어내는 순간, 돌이킬 수 없을 거다. 그 시간은 계속될지도 모른다. 어차피 나는 해결할 수 없다. 사춘기의 나는 그저 벗어나고 싶었다. 자연스럽게 웃음을 터트리는 아이들을 유심히 봐두었다가 내 것처럼 따라하며 잘도 지냈다. 언제 사라질지 모른다는 불안감을 급히 숨기며. 그래서 그 애의 열기가 더 낯설었다. 차라리 돌아서서 그림자만 보는 게 편안했다. 좋아하는 마음이 거슬렸다. 아니 실은, 미간에 힘이 풀리고 입꼬리가 씰룩이는 내가. 내가 거슬렸다. 이게 맞나.

솔직히 첫사랑이 어떤 사람이었는지 그 후로 어디 갔는지 기억도 나지 않는다. 사람이 아니라 그 순간의 형체만 남아 있다. 사실 그게 누구였든 나에겐 아무 상관이 없다. 다만 일순간 느낀 그 섬광으로, 사랑을 대하는 내 태도가 이상하다는 걸 깨닫기 시작했을 뿐. 대수롭지 않게 사랑을 주고받는 장면을 본 적이 없었으니, 표현에는 늘 큰 결심이 필요했다. 사랑이 일상에 스밀 수 있다는 걸 몰랐다. 혼란이 계속되던 중, 어느 날은 나도 모르게 먼저 손을 흔들고 웃어버렸다. 별일도 아니었다. 잔뜩 구겨진 미간이 스르르 무너졌을 뿐이다. 그제야 이 자연스러운 풍경에서 튀는 것 없이 녹아든 것 같았다. 그 애와 친구들이 바라보는 내가 웃고 있어서 좋았다. 그런 식으로 몇 번의 섬광이 지나는 동안 나는 삐뚤어진 자리를 하나씩 찾아 고쳐나갔다.

이렇게 뒤틀린 사람이 되는 게 사랑인가.
-가끔 사랑은 어긋난 방향으로 자라기도 해. 이상한 게 아니야. 이 마음이 들키면, 누군가 비웃거나 위협을 할 거야.
-좋아하는 걸 보고 마음껏 웃어도 돼. 그건 네 거야. 뽀송뽀송하게 웃고 싶은데. 축축한 그림자가 부끄러워.
-다림질할 때도 구겨진 옷을 펴려면, 다 젖어드는 순간이 필요해.

좋아하는 것을 보고 숨기지 않는 연습이 필요한

사람도 있다. 마음의 주인이 될 수 있다는 걸 몰라서. '웃어봐'가 아니라, '괜찮아' 하는 마음으로 미간을 톡톡 두드리면 웃음이 나온다고. 그렇구나. 이거구나. 마음껏 웃어도 부끄럽지 않은 사람을 열심히도 만들었다. 폐허로 묶여 있던 세계가 꽤 깊어서, 설레는 것들을 잔뜩 넣어야 채울 수 있었으니까. 그러니 어느새 도망치더라도 더딜 곳이 넓어졌다. 내게로 불쑥 들어와 죄다 풀어헤치고 펑펑 우는 사람들도 생겼다. 그럴 땐 시간을 나눠줄 줄도 알았다. 아픔을, 사랑을 나눠 가진다니. 교복 차림의 나는 상상도 못 했을 것이다. 내일 일어나서, 그 애처럼 반가움을 숨기지 못하고 웃어버린 그 순간부터 세계는 시작되었다는 걸. 아무리 퍼주어도 줄어들지 않는 땅이. 벗어날 수 있는 힘이.

가짜 꿀, 가짜 나

내일모레가 대장 내시경이니 부드러운 것만 먹어
야 한다. 당장 수박이 먹고 싶었지만 씨 없이 먹을
자신이 없었다. 수박 앞에선 늘 이성을 잃었기에 씨
발라 먹을 시간까지 챙긴 적이 없었다. 서른 넘어
수박 때문에 대장 내시경을 포기하는 사람이 있을
까? 가족들에게 심각하게 말한 뒤, 질타를 받고 수
박을 참았다.

이십 대 초반, 한때 먹는 걸 집착하듯 거르고 무서
워했던 적이 있다. 그때 만난 식이장애 친구는 속을
게우기 위해 물이 많은 수박을 일부러 먹었다고 했
다. 나는 저 정도는 아닌데… 하고 안도감을 느끼는
내가 싫었다. 반대로 그 친구는 그런 고백을 하는 자
신을 싫어했다. 그냥 수시로 '오늘의 나'를 싫어하는
게 우리의 습관이었다. 처음부터 그랬던 건 아니다.
우리 둘의 공통점은 사회생활을 갓 시작했고, 무례
한 사람들 사이에서 피범벅이 된 채로 만났다는 것
이었는데, 그때 그런 증상이 시작된 걸 알았다. 우린
그냥 먹는 걸 좋아하는 아이들이었을 뿐이었다. 먹
는 걸 좋아하는 사람들은 다 좋은 사람들이라며 서
로를 다독였지만, 먹지 않았다. 문제가 맞았다. 식이

장애니 하는 병적인 문제가 아니라, 스스로를 '가짜'라고 여기는 문제 말이다.

　우리 먹깨비들은 예로부터 심성이 고와 남 탓을 하지 않는다. 이렇게 마음 착한 먹깨비들 중 간혹 고장이 나면, 지금의 나를 부정하게 되는 증상에 시달린다. 세상을 살다 못된 도깨비들을 너무 많이 만나서, 기억력이 고장 나는 증상에서 시작된다. 그러고는 자꾸만 먹는 순간의 즐거움, 그 찰나만 기억하게 된다. 고장 난 먹깨비들은 걸음마다 비난의 대상이 되고, 거울도 피하고 싶어진다. 그러니 어떻게 먹는 것 말고 다른 즐거움이 있으랴. 하지만 이게 과해지면 먹는 것 자체를 부정하고 더 나아가서는 '지금의 나'를 미워하고 혐오한다. 자꾸만 자신을 흔들면서, 또 다른 자신을 기대한다. 지금까지의 자신은 진짜가 아니라고, 먹는 즐거움은 가짜라고. 언젠가 내 모습이 건강해질 때까지, 그때까지는 반쪽 인생이다, 하면서 말이다.

　먹는 것에 집착하기 전에 나는 어떤 사람이었더라. 그때의 나는 늘 정다운 이야기 곁에 있고, 늘 손끝으로 나가는 사람이었다. 머리로 계산을 안 하고 적는 일도 많았다. 그 어떤 감동도 솔직하게 표현할 자신이 있었다. 하지만 그땐 늘 뭔가를 꾸미려 하고 속이려 들었다. 밥 먹었냐는 물음에도 100가지 대답을 생각하며 속이 복잡했다. 그런 생각에 모든 의지가 탁 끊어지는 것 같았다. 그래도 조금씩 일기를 쓰고, 더 좋은 사람들을 만나며 겨우, 정말 겨우 버렸다.

하지만 오늘의 나, 는 어떻게 사랑하는 걸까. 여전히 오늘의 나는 늘 어제의 기대에 못 미친다. 이젠 먹는 게 아니라, 매사에 그렇게 느끼는 습관이 생겼다. 항상 시작할 땐 세상에서 제일가는 결과물이 나올 것 같이 구는데, 짧은 지구력으로 인해 매번 결과물이 와장창이다. 지구력 탓도 있지만 이상하게 집중이 흐려질수록 부정적으로 변해서 '한다고 되는 게 맞나' 의심부터 든다. 오은영 박사님께서 미루는 게 습관인 사람들은 게으른 게 아니라 너무 완벽하려고 하기 때문이라고 하셨는데 그 말이 참 좋았다. 게으른 사람은 원래 사탕발림하는 말을 좋아한다. 근데 나는 진짜 그거거든요? 참나… 아무도 뭐라고 하지 않았는데 홀로 변명을 한다. 완벽하지 못해 게으름을 택하는 일이 오늘이 마지막이었으면 좋겠다고 다짐한다. 난 언젠가는 잘할 거란 믿음을 오랜 시간 자신감으로 포장했다. 허나 그 말은 곧 오늘의 나는 못 할 거라는 체념이다. '언젠가'가 오지 않은 오늘의 나는 가짜라고. 시답잖은 농담으로 온종일 보내도 이상하지 않은 오늘의 나. 해야 하는 일을 겨우 해내곤 피곤함을 벼슬로 삼는 오늘의 나. 삐걱거리던 일은 농담으로 넘기고 해결한 듯 눈 감는 오늘의 나. 내 일엔 아이처럼 짜증 내곤 남의 일엔 어른처럼 무심한 오늘의 나. 못난 오늘이 모여서 된 오늘의 나. 내일로 미루다 끝날 것만 같은 오늘의 나.

그러다, 내가 작가 준비생일 때 기억해 둔 글귀가 떠올랐다.

[가짜 꿀을 만들 때 꼭 필요한 것은? '진짜 꿀'이다.]

몇 퍼센트가 가짜인지는 몰라도,
어찌 됐든 그 속엔 뒤섞거나 비교할 진짜 꿀이 조금이라도 꼭 필요하다고.

나는 생각한다. 오늘의 나에게서 진짜였던 부분을. 아니 진짜 가짜를 가리지 않는 법을. 살이 찐 나, 밥을 거르는 나, 안쓰럽게 말라버린 나, 백수가 되어 얼굴이 핀 나. 모두 자리를 잡은 다음의 나만이 진짜가 아니라는 걸. 인생이 복잡한 이유는 정답이 없어서가 아니라 정답이 많아서다. 여길 가야 되나 저길 가야 되나, 최선의 답을 선택하고 싶으니까 미친다. 하지만 정확한 건 내가 바라던 진짜는 언제든 바뀔 수 있다는 거. 그걸 만나지 못하더라도 괜찮다는 거. 완벽한 내일의 나 대신, 어설픈 오늘의 나를 긍정해 보자고 먹깨비 xx호가 전한다.

연습용 인간

'그 쬐끄만 게 사발면 하나를 혼자 다 먹겠다고 손아귀에 힘을 얼마나 주던지.'

엄마와 아빠는 잊을 만하면 나의 식탐 히스토리를 꺼낸다. 부일휴게소에서 사발면 하나를 움켜쥐던 손아귀의 힘은 네 살짜리가 아니었다고. 다 먹지도 못하는 걸 욕심만 내더라며, 제 몫은 얼마나 챙기는지 모른다는 얘길 명절 때마다 친척들에게 주입시켰다. 반복되는 흑역사 레퍼토리 앞에선 그저 머쓱하게 웃으며 지난 세월을 인정해야 했다. 기억이 나지 않으니까. 그런데 이해는 간다. 나는 분명히 '나의 몫'을 가지고 싶었을 거다. 늘 입던 것, 갖고 놀던 것, 누가 쓰던 것만 물려받았던 동생이었기에 '처음부터 나의 물건' 하나를 가져본 적이 드물었다. 그래, 엄마 말이 맞다. 나는 늘 동등한 걸 원했다. 작은 몸에 어른만 한 자아를 욱여넣은 듯이 셈을 하며, 어리다는 이유로 증정품처럼 딸려가는 게 싫었다. 나도 할 수 있는데! 습관처럼 외쳤다. 씩씩하고 참 굳세었다. 나라는 인간의 존재가 일인분이 되지 않을까 봐 늘 존재를 증명하려 애썼다. 그땐 몰랐겠지. 시선이 가장 덜 닿는 강의실 사각지대를 찾아 조용히 졸고 있는 나를. 없는 듯 고개를 숙이고 단잠을 청하는 나를. 그렇다. 나의 비대했던 자아는 세월을 머금으며 덩치에 맞게 자리를 잡았고, 관중석에 있을 때나 큰소리를 치는 선택적 여포(呂布)가 된거다.

"애들이면 다 양보해야 돼? 잡은 사람이 임자지."

일명 '아주라'를 외치던 야구장이었다. 귓등을 스친 말이지만 대꾸할 논리도 없었다. 그러다 홈런볼은 또 관중석을 향했다. 글러브를 끼고 전투 태세로 달려드는 어른과 아이 하나가 공을 향해 뛰었다. 이번에도 '아주라'를 외쳐도 될까… 고민하던 찰나! 선두를 달리던 어른이 갑작스레 걸음을 천, 천, 히, 늦추기 시작했다. 그 사이 아이는 짧은 다리로 총총 계단을 내려와, 짧은 팔로 먼저 공을 집었다. '아주라'도 필요 없이 어린이가 쟁취한 거다. 체급 차이를 인정한 어른의 멋진 스포츠맨십. 아이는 영원히 스스로 공을 향해 뻗었던 그 기억을 잊지 못하겠지. 몸속 깊이 새겨진 성취의 맛을. 그건 그날의 필드보다 멋진 승부였다.

나는 왜 씩씩했을까. 시계를 혼자 볼 수 있을 때까지 몇 번이고 시간을 대답해 줬던 할머니. 심부름 목록을 천천히 생각할 수 있도록 기다려 준 슈퍼 사장님. 집 열쇠가 없어 운동장을 배회하던 나를, 수업 중인 언니네 교실로 데려다준 교감 선생님, 내가 혼자 집에 남아 울고 있으면, 달려와 울음을 그칠 때까지 현관문 앞에서 달래주던 3층 아주머니. 오랜 시간 랠리가 이어질 때까지, 몇 번이나 허리를 숙여 공을 줍고 내 키에 맞게 채를 휘둘러 준 나의 배드민턴 짝꿍 5층 할아버지. 그들 덕분이었다. 그들은 내가 알 때까지, 할 때까지 기다려 준 거다. 나도 제 몫을 할 수 있다고.

아이를 힘없는 존재라 여기면 좀 어떠냐고 묻지만, 아이러니하게 그 인식은 종종 오용되어 차별이 된다. 가게에 깨지기 쉬운 그릇이 있다고 노 키즈 존이 되거나, 대중교통에서 아이가 운다고 부모를 노려보는 것처럼. 말로는 보호하자 외쳐도, 약한 사람이 알아서 피하라는 거다. 마치 어른의 세상에 아이들을 끼워주는 것마냥. 그런 이야기들이 불편했다. 그 감정을 어떻게 설명할 수 없어 답답했다. 아이라서, 어리니까 봐주자는 게 아닌데 말이다.

그러다 김소영 박사님의 『어린이라는 세계』를 만났다. 그 책에는 나의 정리되지 않은 찝찝한 마음을 정확히 언어로 끄집어낼 수 있게, 어린이들의 힘에 대해 언급한다. 이는 감정적인 호소가 아니라 이성적인 호소에 가깝다. 사회적 일원으로서 어린이도 하나의 주체로 인정하는 습관. 누구의 보호물이나 소유물이 아니라는 것. 그를 통해 나는 알았다. 사발면 하나를 갖고 싶은 내 마음을. 그냥 인간 한 명의 힘을 누리고 싶은 어린이들을. 어린이도 하나의 삶을 지휘할 수 있는 '힘'을 원한다는 걸. 누구도 연습용 인간이 아니잖아. 도울 순 있어도 살아줄 순 없다.

사라지는 땅

태어나서 열아홉이 될 때까지 내 소원은 단순했다. 이 지긋지긋한 고향을 탈출하는 것. 다 똑같이 사람 사는 땅인데, 이상하게 내가 원하는 건 고향에 없었다. 멋진 연극도 보고 싶었고, 화려한 공연도 라이브로 듣고 싶었고, 세련된 옷이 즐비하다는 쇼핑 센터도 가보고 싶었고, 내가 존경하게 된 인터넷 강의 속 선생님의 현강도 듣고 싶었다. 전부 서울에 가야만 이룰 수 있는 꿈이었다. 해서 늘 답답했고 목말랐다. 내 고향에서 서울은 너무 멀었고, TV에서 나오는 정답은 모두 그곳에 있었다. 무슨 수를 써서라도 서울에 가야 했다. 헌데 재능이 별 게 없어 가장 쉬운 방법을 택했다. 다행히 평생을 두고 빌었던 소원이 안쓰러웠는지, 부모님을 겨우 설득할 정도의 대학교에 붙었다. 합격 후, 서울 생활 첫날. 내가 밤새 연습한 건 처음 뱉어보는 서울말이었다. 해외여행을 간 것도 아닌데, 왜 그곳의 언어를 써야 한다고 생각했을까. 하지만 확실한 건 그냥 비슷해지고 싶었을 뿐이지, 고향을 지우고 싶었던 게 아니다.

시간이 아주 많이 흘러 오늘이 되었다. 그사이 나는 학교를 졸업하고 직업을 구해 여기저기 굴러다

니느라 어느새 고향살이와 서울살이의 분량이 비슷해졌다. 그런데 서울에 온 뒤로 나는 불쾌한 찐득거림에 시달렸다. 늘 뒤통수가 무거웠고, 가슴 한구석엔 알 수 없는 뭔가가 나를 자꾸 잡아당겼다. 앞으로 가면 갈수록, 고개를 뒤로 잡아당기는 힘이 강해졌다. 돌아볼 때마다 내가 지나온 땅들이 점점 희미해지고 있었다. 단순히 고향에서 멀어져서 그런 걸까? 싶었지만 해가 갈수록 아래에 있는 땅들은 조금씩 빛이 꺼져갔다. 서울에 내가 원하는 것들이 있어서 왔을 뿐인데, 고향을 버린 것처럼 죄책감이 들었다. 애초에 아래 땅에는 원하는 걸 두지 않는 불균형이 문제였는데, 너무 어렸던 나는 그런 일에 화를 내도 되는지 몰랐다.

모두가 서울로 향한다. 어디든 서울로 향할 수 있다. 그 말인즉슨, 서울에선 차표만 끊으면 어디든 오고 갈 수 있다는 거다. 내 고향에선 전라도 소도시에 가기 위해 충청도 대전까지 둘러가 기차를 타야 할 때가 있다. 소도시가 경상도 바로 옆인데도. 그 모든 작은 땅들은 서울을 오고 가기 위해서만 존재했다. 이웃끼리 손잡을 일은 없다는 듯이 말이다.

되짚어 보면 서울 아래 이 많은 도시들은 늘 그런

식으로 막혀 있었다. 서울에선 주말이면 쉽게 가는 강릉도 내 고향에선 가기가 어려웠다. 위로 쭉 올라가기만 하면 강원도인데, 편히 갈 수 있는 대중교통이 다양하지 않았다. 차로 가면 되지 않냐고? 아니 저기요, 지금 제 말은 그런 이야기가 아니고요. 바로 옆에도 사람들이 사는 땅이 있다는데, 인사는커녕 바라보기도 어려운 삶을 말하는 거다. 터질 것 같은 서울 땅 밑으로, 타들어 가는 땅이 있다고. 지방 도시, 섞이지 않는 몇 개의 덩어리들. 희한할 정도로 높은 벽이 있는. 옆 사람을, 옆 땅을 바라볼 일이 없게 만드는 곳. 벽 사이 유일한 통로, 하늘만 바라보게 하는 곳.

여전히 TV에선 모두 서울 얘기뿐이다. 다른 곳의 소식은 야속하게 대개 엄청난 비극을 달아야만 소리를 내주었다. 내가 줄곧 말하는 서울 땅이라는 건 서울시와 서울 덩어리에 붙은 거대한 경기 인근의 땅들까지 모두 포함된 개념인데, 이 속에서 나고 자란 사람들은 이웃 땅을 건너가지 못하는 그 세계를 몰랐다. 애초에 꺼져가는 그 땅들은 모두 시골일 뿐이었다. 만약 알고 있다면 정말 알기만 했다. 먼 별나라의 안타까운 소식, 딱 그 정도로 말이다.

나는 생각한다. 내 몸만 홀로 빠져 나온, 내 몸만
큼의 구멍이 뚫린 고향을. 그렇게 수천 개의 구멍이
뚫린 도시를. 그래도 아직 반짝이는 땅들을. 그리고
뒤만 돌아보는 멍청한 나를. 사라지는 것들을.

지름길 마다하는 지각생

"니 쫌 쓰네."

할 줄 아는 거라곤 수선집에서 교복을 들키지 않을 만큼 줄이고, 친구에게 빌린 고데기로 머리를 한껏 부풀려 시내로 놀러 나가는 것밖에 없었던 중학교 시절. 가방 속엔 얼굴이 뽀얘지는 크림과 입술이 빨개지는 챕스틱밖에 없었던 나는, 담임 선생님 한 마디에 순식간에 문학소녀가 되었다. 가방에 넣으면 너덜너덜해지는 상장보다, 반 아이들 모두가 듣는 글짓기 시간에 갑자기 던지는 선생님의 이 무심한 덕담이 나를 더 의기양양하게 만들었다.

사춘기가 갓 시작된 열네 살에게 '나는 특별하다'는 생각이 얼마나 달콤한지, 종일 내가 썼던 글을 읽고 또 읽었다. 어쩌면 작가 비슷한 게 되겠단 생각은 '좋아서'라기보다 '나를 특별하게 만든다'는 이유에서 시작했을지도 모른다.

'영감 얻기'라는 포장을 하며 휴학했기에, 그때까지도 나는 여전히 특별하다는 생각에 기대어 살았다. '영감 얻기'의 일환이었던 작가 아카데미를 등록했다. 몇백만 원이란 거금을 들이고 나는 갑작스레 마음이 떨렸다. 6~70명이 앉아 있는 교실에서 모두가 작가를 간절히 원하고 있으니, 나도 덩달아 간절히 원했다. 그렇지만 그 마음은 곧 내게 위로가 되었다. 뭔가에 매달린다는 긴박감보다, 모두의 소망에 함께 탑승한다는 생각이 나를 편안하게 만든 거다.

그렇게 많은 친구들이 부러워하고, 나 역시도 무척 좋아했던 한 프로그램의 작가로 들어가게 되었다. 3루에서 태어났지만 3루타를 쳤다고 생각하면서 사는 사람들이 있다는 누구의 말처럼, 내가 그 프로그램을 만든 것도 아닌데 그 타이틀이 내 능력인 것마냥 뿌듯했다.

그러나 문제는 그때부터였다. 이제 작가가 됐으니 내 그릇에 담긴 것들을 마구마구 꺼내야 하는데, 텅텅 비어 있는 소리만 났다. 필사적으로 아이디어를 내도 모자랄 회의실에서, 나는 언제나 적당히 튀지도, 뒤처지지도 않는 말 몇 마디를 뱉은 후 마음속 항아리 바닥만을 긁어댔다. 하루가 시작될 때, 그 24시간에 대해 아무런 욕심이 없다는 건 나를 빠른 속도로 시들게 만들었다. 더는 내게 꿈이 없었기에 매일 난파된 배 속에 사는 기분이었다. 앞으로 조금씩 바닥으로 가라앉을 일만 남은 그런 배.

물론 늘 웃으며 밝고 씩씩해지려 노력했고, 내가 써냈던 멘트나 질문들이 빵 터지는 날엔 밤샘 촬영도, 해가 뜰 때 하는 퇴근도 참을 만했다. 마음속엔 언젠가 바닥을 보일 거란 불안감이 있었지만, 다들 이렇게 사는 거라는 생각으로 하루를 버텼다. 나는 모두가 말하는 적당한 취직 시기에 맞춰, 적당히 할 일을 찾아 돈을 벌고 있었으니까.

그렇게 적당히의 늪에 빠져, 어제와 오늘의 경계가 무의미한 시간만이 쌓여갔다. 하루는 너무 바빠 계절감도 잃은 복장으로 새벽 첫차를 타러 가는데, 여름을 재촉하는 뷰티샵 광고가 눈에 띄었다.

[여성의 자신감! 다가올 여름 제모 준비!]

그 광고는 괜스레 내 양팔을 한껏 오므리게 만들었다. 그렇게 부끄러움을 안고 화장실로 들어갔더니, 이번에는 또 다른 광고를 마주했다.

[여성 체모 부족, 빈모증. 고민 해결! 자신감 증진!]

화려한 뷰티샵 광고와 달리, 은밀하게 붙어 있는 그 스티커 딱지를 보며 한참 생각이 머물렀다. 이제는 털 가닥도 '적당함'의 커트라인에 들어야 하는 거구나.

새내기 때, 대학생의 전리품과도 같았던 맛집에

가보지 않았다 말하면 지나온 내 점심시간이 하염없이 초라하게 느껴졌던 적이 있다. 그렇다고 단지 예쁜 곳에서 예쁜 음식을 파니까 대세에 따라 [맛집]이라 적어놓는 영혼 없는 블로거가 되고 싶진 않았다. 극단적으로 표현하자면, 그럴싸한 낭만의 매뉴얼에서 벗어나더라도 장례식장에서 맛있는 육개장을 먹었을 때 맛있다고 말할 수 있는 사람이 되고 싶었다. 그러나 나 역시 적당함에서 오는 안도감에 빠져 길을 헤맸고, 이제 내게 특별하단 말은 거추장스러울 뿐이었다.

그렇게 초점 잃은 걸음을 한 후 일 년이 훌쩍 넘어 복학할 때가 왔고 내 보잘것없는 그릇을 들키기 전에 프로그램을 나왔다. 모두가 의아해했지만, 내가 보고 듣고 직접 소화시킨 것들로 가득 채워 돌아오고 싶었다. 다른 사람보다 잘났다는 특별함이 아니라, 진짜 내 것.

무슨 일을 하든지, 그게 설령 정말 좋아하던 일이라 해도, 모두 버려내야 하는 삶을 살아야 하는 건 확실하다. 그러니 목적지에 가는 동안 성급해하지 말고 조금은 천천히, 에둘러서 여러 가지를 보며 버릴 힘을 쌓았으면 좋겠다. 누구나 목적지에서 '잘' 살길 바라지, 거기에 발 도장만 찍고 돌아가길 원하진 않을 테니.

사실 이런 팔자 좋은 소리나 하자는 건 아니다. 또 세상 온갖 청춘은 다 이런 거라며 훈장 노릇을 할 깜냥은 더욱 안된다. 실은 이미 많이 늦어놓고 지름길을 굳이 돌아가려는 내 변명에 제일 가깝지만, 졸업은 언제 하니, 취업은 언제 하니, 하며 얼굴을 붉히게 하는 사람은 결국 타인일 뿐이라는 거다. 정말 부끄러워해야 하는 건 당장 비싼 화장품, 가방을 살 수 없어 불안한 통장 잔고가 아니라, 바라던 꿈에 도착했는데 전혀 특별하지 못해 무기력하게 축 처진 내 등짝이다.

나는 내 등짝을 또 배신할 수 없다.

안녕만 하세요

지구상에 안부 인사를 겁내는 짐승이 있을까? 있지, 있어. 반가운 얼굴 사이, 나를 위아래로 훑는 시선. 어깨와 팔을 만지작거리며 가늠하는 나의 안녕함. 그리고 들려오는 그놈의 안부 인사.

　"왜 이렇게 말랐어?"
　"살 쪘니?"

　모두가 심심찮게 들어봤을 이 인사는 들을 때마다 놀랍고, 새롭게 실망스럽다. 그러나 다년간 쌓아온 데이터에 의하면, 이때 당신은 '정말 이게 안녕함을 묻는 게 맞나?' 하는 당혹감을 보여선 안 된다. 그들은 높은 확률로 당신에게 예민함을 들이밀며, 자신의 '안부'와 '걱정'을 오해한 거냐고 되려 나무랄 것이니. 그렇기에 우리는 '오해하지 않는 무던함'도 갖춘 채 시선에 걸리지 않을 만큼 적당히 찌우고, 빼고, 가꾸며 살았다. 만약 이 정도의 안부도 듣고 싶지 않다고 소리치면, 사람이 꼬였니, 어쩌니, 하며 당신 부모까지 안부 화살이 닿을지도 모른다(조금 더 가, 좀 사는 집에서 자랐는지 아닌지 가늠하는 눈빛을 보낸다면, 허공을 보고 웃어라. 당신의 최소한의 인류애를 지키기 위해서). 나는 생각한다. 만약 내가 저런 '안부(랍시고 지껄이는) 인사'를 들어보지 못하고 살았다면? 타인의 외모나 신체에 대해 좋고 나쁨을 안부처럼 묻는 세상에 살지 않았다면 어땠을까. 장담하건대 훨씬 살기 좋았을 거다. 글 따위 쓰지 않고도 끓는 속이 절로 식었을 것이며, 피가 나도록 살을 뜯는 대신, 개 같은 일에는 개같이 짖어댔으리라. 하지만 그래봤자 이미 이런 세상에 오래 살아버렸고, 오로지 나의 정신 건강을 위해서 그들의 '본심'을 존중하며 지냈다. 나를 세밀하게 신경 써주는 사람이구나, 사랑이 많은 사람이라 관심을 주는 방법도 좀 다양한가 보다, 하는 식으로. 내 멋대로 값을 후하게 쳐준 뒤 고맙다고 하면, 오히려 쩔쩔매며 급히 뒷말에 애정을 붙이기도 했다. 여기저기 뒤지다 나온 과자 부스러기처럼 준비된 애정은 전혀 아니지만, 뭐라도 주고 싶다는 마음이 진짜일 거라 믿었다. 상처를 주는 쪽도 받는 쪽도 아니면 된다 생각하며.

    수영장에서 그 아이들을 만나기 전까지는 그랬다.

자유 수영을 하러 가면, 직전 타임에 수영 수업을 듣고 나온 초등학교 아이들로 탈의실이 북적인다. 꺄르륵 재잘거리며 돌아다니는 통에 모를 수가 없다. 아이들은 옷을 다 갈아입고 머리도 채 마르기 전에 옹기종기 모여 앉아 한참을 논다. 핸드폰을 세워두고 유행하는 릴스 영상을 찍기도 하고, 쿠로미 탈덕 후 농담곰으로 넘어가게 된 이야기, 어느 학원 다른 친구의 소식 등을 쫑알거리기도 하며 시간을 보낸다. 그러다가도 웃음이 커지면 고개를 히익 빼고 입을 틀어막고는, 자기들 딴에 최선의 예의를 표시할 줄도 아는 반짝반짝한 아이들이었다.

　　"너 몇 키로야?"

　　"22키로."

　　"헉 난 28인데."

　　"안 그래 보이는데."

　　"뱃살이 있어서. 다 자꾸 살 쪘다 그래."

　　"힘들겠다. 조금은 굶어야 한대."

　　아주 더운 여름이었다. 나는 수영장에 들어갈 준비를 하고 있었고, 아이들은 옷을 다 입고 거울 앞에서 한참 동안 서로의 모습을 번갈아 보던 참이었다. 보통 아이들끼리 이야기를 하면, 불편할까 봐 이야기를 듣고 있단 티를 내지 않고 조용히 들어가는 편인데, 그 말에는 나도 모르게 시선이 거울로 향했다. 그리고 바로 시선을 거뒀다. 나는 지금 저 아이들이 몇 키로인지 확인을 하고 싶은 건가? 저렇게 말랐는데 몸무게 이야기를 한다니. 아니, 그게 아니지. 마르든 마르지 않든 저 이야기를 하는 게 이상한 건데. 내가 지금 확인해야 하는 건 거울이 아닌데. 아이들이 몸무게 숫자를 가지고 한숨을 쉰다는 거 자체가 전혀 괜찮지 않잖아. 이미 다 들었잖아, 한숨을.

분명히 내가 초등학생일 때도 친구들과 비슷한 대화를 나눴을 때가 있다. 그때는 TV에 S라인이라는 말이 유행하고 있었고, 몸무게와 바지 허리 사이즈를 공유했다. 그러니 '나도 그랬지' 하고 더 심했던 나의 사춘기를 떠올리며 넘겨도 되는 일이다. 그런데, 그래도, 이게 맞나. 그게 정말 우리의 안녕에 도움이 되나.

체형이나 외모에 신경을 쏟아부었던 시간을 긁어모으면, 뭐라도 하나는 더 했을 거다. 그 시간에 영어 공부를 한다거나, 좋아하는 운동을 하나 더 찾는다거나, 새로운 재능을 발견했을지도 모른다. 그것도 아니라면, 적어도 나는 더 많이 웃는 사람이었을 것이다. 뭘 하지 않았어도 차라리 그게 더 좋은 일이었을 거다. 미간을 찌푸리고 그 '안부 인사'를 듣지 않기 위해 신경 쓰던 것들을 생각해 본다. 눈앞에 있는 음식들이 내 몸에 붙을 괴물로 보이던 때도 있었고, 시즌마다 달라지는 화장법을 애매하게 쫓아가기도 하고, 내 얼굴형에서 할 수 있는 헤어스타일에 목매달기도 했지. 또 계절마다 바뀌는 피부 관리법, 점점 작아지는 '프리사이즈'의 범위에 벗어나지 않는 체중, 그리고 이 모든 걸 지키지 않았을 때, 나를 위아래로 훑으며 시작될 안부. 내가 듣고 싶지 않은 말을 듣지 않고, 그들의 진심을 이해하는 좋은 사람이 되려면 그래야 했다. 그보다 더 중요한 건, 그런 인사가 계속되지 않는 거였는데. 그건 귀여운 호기심으로도 감쌀 수 없는 명백한 실례라고, 안녕만 하는 인사가 가장 최고라고, 말할 수 있었으면 좋았을 텐데.

모자란 내 눈엔 줄임말이나 비속어보다, 그딴 인사를 하지 않는 발화법 교육이 더 급해 보인다. 막말로 씨발 말한다고 사랑이 사라지진 않잖아요. 하지만 어긋난 안부 인사는? 많은 걸 사라지게 하잖아. 무례한 인사말 하나로 지금 저 어린아이들이 한숨을 쉬는데요. 저마다 안녕한 가지각색의 삶이 있는데, 눈으로 보이는 기준으로 생을 점치는 말 때문에. 안녕만 묻지를 못하는 무례한 인사 때문에.

여전히 많은 사람이 그들의 안부를 오해하기 싫어, 수많은 시간을 허비한다. 악의는 없으니 그건 실수일 거라고. 적당한 말로 표현하는 법을 배우지 못한 실수, 보이는 게 너무 중요한 삶을 살아온 실수, 솔직하다는 말로 포장한 실수, 그러나 다시는 듣고 싶지 않은 실수. 그래서 자신을 깎는 데 시간을 보내기로 결정하는 실수까지. 예민하게 왜 그러냐며 불평 좀 하지 말라고 불평하는 사람 때문이겠지. 으레 하는 말인데, 원래 그런 건데, 굳이 왜 그러냐고. 원래가 뭔데요? 원래라면 세포였고 곧 있음 다 흙이 될 텐데 무슨 안녕을 묻는담. 그러나 이젠 거기에 대꾸할 힘도 없어서, 잠시 다른 곳에 다녀온다.

흐아암. 아, 뭐라고 하셨죠?

살려는 자, 귀여워'하'라

지금으로부터 10년도 훨씬 넘은 어느 겨울. 어설프게 시작된 출근길. 다행히 광역버스는 등받이가 높은 덕에 다른 사람들의 시선 없이 마음 놓고 울기 좋았다. 세상엔 미워할 일이 왜 이렇게 많은지. 이해하지 못하는 일들은 미움으로 자리 잡아 늘 가슴을 쳐댔다. 그때의 나는 세상의 모든 미운털을 수집하듯 모으며, 다음엔 조금 덜 울 수 있게 잘해야지, 하고 다짐했다. 하지만 그 미움들은 야속하게도 이악물고 삼킨 슬픔이 진득하게 녹을 때까지 기다렸다가 수북하게 쌓여갔다. 무신경하고 무례한 일들은 여기저기서 나를 잡아당겼다. 그래서 내 갈라진 마음에 사람들의 미운털을 심어놓았다. 그게 뭐가 잘못된 건지 몰랐다. 어디선가 '출근길에 사고가 났으면 좋겠다' 하는 마음이 들면 우울증이라는 글을 보았다. 나는 우울증이라는 데에 놀란 게 아니라, 그러지 않은 사람이 있다는 데에 더 놀랐다. 게다가 내 상상은 나 혼자만 튕겨져 한강에 빠지는 것이었다. 이런 말을 들으면 우울한 표정을 생각하겠지만, 흥미진진한 오락거리처럼 여기며 실실 웃기도 했다. 오직 나에게만 그런 일이 생기기를. 이 버스에 탄 다른 사람들이 겪을 난항들을 떠올리며 하나하나 사고를 처리하는 과정을 시뮬레이션하다 보면 회사에 도착하는 식이었다. 늘 사무실 문을 열기 전에 손거울로 눈물 자국을 확인했다. 언제 어디서든 얼굴에 묻은 상심을 확인할 수 있어야 했다. 내 슬픔은 모두의 심기를 거스르는 죄가 될 수도 있으니까. 그 버릇이 지금까지 습관으로 남아 늘 작은 거울을 주머니에 넣고 다닌다. 그 빨개진 눈은 사라진 지 오래인데도.

할머니가 돌아가신 해, 스물셋에 일을 시작했다. 대학에 입학하기 전까지 거의 할머니의 손에 자랐다. 휴학 후 작가를 준비한다고 고향에 내려가지 않았는데, 하필 그때 할머니는 홀로 산책을 나섰다가 돌아가셨다. 그 누구도 뭐라 하지 않았는데 '그래, 너 참 대단한 일 하느라 바빴나 보구나' 하고 스스로를 향해 비아냥거렸다. 그런 알 수 없는 죄책감과 내가 얼마나 울어도 되는지 셈이 끝나기도 전에, 일을 시작하게 된 거다. 더 거대한 책임감을 만났다는 핑계로 무거운 마음을 한쪽에 밀어두고 지냈다. 자책감에 어긋날 대로 어긋났지만, 겉으론 가장 많이 웃었던 때였다. 불량하게 썩어가는 마음을 모두에게 숨기느라 온 에너지를 다 썼다. 얼굴을 마주하는 사람들에겐 최선을 다해 씩씩하게 굴었다. 그럴수록 약해진 마음을 건드리는 사람들은 수시로 있었고, 나는 몰래 저주를 해댔다. 결국은 다 내 가슴에 꽂히는 일인 걸 아는데도.

그땐 돈을 버는 것보다 어딘가에 소속되었다는 기분이 필요했다. 그러려면 미움받을 티끌 하나 남기지 않고 털어내야 했다. 사랑이었다가 아닌 순간은 수도 없이 많았지만 그것과는 달랐다. 한 마디 한 마디에 쉽게 세상이 무너졌다가 드러났다. 더 이상 쪼갤 수도 없을 만큼 시간이 모자랐다. 휴대폰은 끊임없이 울렸다. 그런데도 그렇게 외로울 수가 없었다. 어른들이 끼워줄 만한 모습으로 잘 덧대놓고도, 버스 의자에 파묻힐 때면 다시 무너질 것 같았다. 그때의 나는 어떻게 여기까지 온 걸까. 단 하나의 마음 덕이었다. 무너지지 않으려면 무던해져야 한다고. 그렇게 시간이 흘러 나는 모두에게 무관심한 어른이 되었다. 사랑이 모자란 어른. 사랑 대신 죄책감만 느끼는 어른.

시간이 지나 점점 척박한 일터에도 사랑하고픈

사람들이 많이 생겼다. 그러니 자연스레 내 오해를 이해로 바꾸고 싶은 일들도 많아졌다. 하지만 굳어진 마음을 돌리기가 어려웠다. 사람들의 개인사를 묻는 건 실례니까. 그 강박은 습관이 되어서 급기야 남의 말을 흘려듣는 버릇까지 생겨버렸다. 나는 당신의 이야기가 궁금하지 않아요, 하는 표정을 숨기고 집에 들어오면 외롭고 미안했다. 한동안 잃어버린 궁금증은 돌아올 기미가 안 보였다. 사랑으로 시작한 일에서 미운 사람 생각으로 하루를 보낸다는 게 얼마나 괴로운가. 그 마음을 좀 어딘가에 버릴 순 없을까.

그러다 방법을 생각해 냈다. 누구든 귀여운 면을 찾아내는 거다. 무관심한 사람도 일단은 귀여운 점 하나면 된다. 눈에 차는 귀여움과는 상관없다. 내 마음에 꽂히는 걸로. 차고 있던 손목시계가 퍽 안 어울려 귀엽다든지, 피곤함에 얼굴을 벅벅 문지르는 모습이, 속 모를 미소만 조용히 짓더니 필요할 땐 험한 말이 조용히 나온다든지, 내 이름을 부를 때 통통거린다거나….

그런 것들을 모으다 보니 조금씩 마음이 요동쳤다. 가족도 아니고, 애인도, 절친도 아닌데 사랑을 느꼈다. 정말 그런 사람들이 생겼다. 어쩌다 사랑하게 된 그 사람들의 손에 붙들려 가다 보면, 내 시선에선 그늘이었던 세계가 환해졌다. 관심도 없었던 곳이었는데, 그 사람이 밟고 섰다는 이유로 내 눈엔 그게 또 사랑스러웠다. 제법 효과적이지 않나? 하는 참이었다. 하지만 척만 해도 됐는데 그 모든 것들을 진짜 사랑하게 되었다. 나의 귀여운 사람들이 내가 도망 다니던 미지로 나를 이끌어 준 거다.

　모든 어른의 마음속엔 '영원히 자라지 않는 아이'가 있다고 생각한다. 특정한 순간에 갇혀, 생각지도 못한 순간에 불쑥 튀어나오는 불완전한 시절. 그 어설픈 모습은 미운 점으로 자리 잡기도 하겠지. 부모님이 바쁘니 알아서 잘하는 '나', 그러니 불만을 드러내지 않는 '나', 미운 소리를 들어도 씩씩하게 웃는 '나'처럼. 내일로 넘어가지 못하고 그 순간에 갇힌 '어린 나'를 떠올리면 그 누구도 가엽지 않은 구석이 없다. 어른으로 그럴싸하게 살아내는 사람에게도 분명히 그 틈이 있을 거다. 그렇게 사람들의 미운 점의 뿌리를 되짚어 보며, 그저 안아주고 싶은 구석을 찾아내는 거다.

이런 일기를 적고 얼마 뒤, 모 배우와 한 영화감독도 비슷한 방법으로 타인의 행동을 이해하려 한다는 이야길 보았다. 시끄럽게 떠드는 사람들을 봐도 귀엽게 여긴다고. 반가움에 벅차올랐다. 귀여운 게 세상을 구한다지만, 실제로 나를 살 만하게 만들었던 건 '귀여움' 자체보다 '귀엽게 보는 시선'이었으니까. 이걸 소문내고 싶었는데 유명인의 힘을 빌리는 것 같아 기뻤다. 미움이 보다 사랑하는 곳으로 시선을 돌렸으면 하는 그 마음을.

오늘은 엘리베이터가 15층에 멈춰 내려오질 않는다. 한참이나 기다리는데도 누군가 잡고 있는지 내려오질 않는다. 기다리는 이들의 한숨이 조금씩 새어 나온다. 시간이 지나 드디어 1층에 도착한 엘리베이터에선 할머니와 손녀가 손을 잡고 천천히 내린다. 나는 가만히 생각한다. 엘리베이터를 기다렸을 작은 아이를. 그의 손을 이끌고 조심스레 걸음을 옮길 할머니의 손길을. 조그만 아이가 버튼을 누를 수 있게 기다려 주는 할머니의 시선을. 그렇게 멎어드는 우리의 한숨을.

미운 놈 딸기 하나

좁은 곳에선 사랑도 증오도 숨을 구석이 없다. 가까이 부대끼니, 작은 한숨도 귓가에 소용돌이처럼 휘몰아친다. 가끔 그 소용돌이에 대한 '카더라' 소문을 들은 이들이 속삭인다. 그거 되게 힘들다며. 어마무시한 굉음이 울려 퍼진대. 모든 게 어둠으로 가득 찬다던데? 이 바보들아. 아니야. 의외로 살 만해. 내가 서울에서 처음으로 가슴이 두근거린 건, 그 소용돌이 안이었다.

입학 후 자취를 위해 급하게 구했던 고시텔의 월세는 창문이 있다는 이유로 50만 원을 훌쩍 넘었다. 너무나 낯선 곳이라 제대로 알아보지 못했던 게 탓이었다. 다음 학기에 살 집은 꼭 제대로 알아봐야지 다짐하며 햇빛이 겨우 드는 그 방에서 매일 밤낮이 섞인 채 지냈다. 그래도 좋았다. 서울이잖아! 마음대로 밤새 영화도 볼 수 있고, 실컷 컴퓨터도 할 수 있고, 혼자 글을 썼다 지웠다 뒹굴거릴 수 있는 생활이 좋았다. 넓은 집은 조금도 그립지 않았다. 하지만 단 하나 불편했던 걸 고르라면, 내 옆방이었다. 옆방에 살고 있는 언니는 늘 바빴다. 가장 일찍 불을 켜는 것도, 가장 늦게 불을 끄는 것도 언니의 방이었다. 문제는 새벽 서너 시가 넘도록 뉴스를 틀어놓는다는 거였다. 언론고시 준비생인가? 그래도 그렇지, 좀 적당한 소리로 틀어놓지. 뭘 저렇게 틀어놓는 걸까. 나는 앵커의 또랑또랑한 목소리에 밤잠을 설치기도 했다. 거 참 TV 소리 좀 낮추쇼, 하기엔 소심해서 벽을 조용히 톡톡 두드릴 뿐이었다. 그러면 잠시 소리가 줄어들었다가 다음 날에 다시 반복되었다.

그러던 어느 날, 목감기가 제대로 찾아왔는지 기침이 멎질 않았다. 목구멍이 간질거려 참을 수 없을 정도로 자꾸 새어 나왔다. 아무리 물을 마시고 입을 닫아도 소용없었다. 정말 종일 방에 틀어박혀 기침을 해댔다. 밤새 기침을 해대느라 온몸이 지쳐 있던 찰나, 똑똑, 누군가 방문을 두드렸다. 아, 올 게 왔구나. 나는 그간 TV 소리에 눈치를 주었던 옆방 언니의 방문일 거라고 생각했다. 너무나 미안한 마음에 사과를 할 요량으로 숨을 가다듬고 문을 조심히 열었다. 그런데, 아무도 없었다. 사람이 있어야 할 자리엔 작은 반찬통과 쪽지 하나가 붙어 있었다. [감기에는 비타민을 잘 챙겨 먹어야 한대요.] 나는 쪽지를 보고 어리둥절했다. 방으로 들어가 작은 반찬 통을 열어 보았다. 그 안에는 깨끗하게 씻어 칼로 꼭지까지 딴

딸기가 가득 담겨 있었다. 세상에.

　타인과 함께 살아가는 법을 잘 모르던 나에게, 옆방 언니의 딸기 선물은 이웃으로서 가질 수 있는 가장 따뜻하고 우아한 배려였다. 딸기를 먹고 나서, 작은 초콜릿을 가득 담아 건넸다. 나중에 알게 된 사실이지만, 언니 방에서 들리던 뉴스 소리는 TV가 아니라 언니의 목소리였다. 언니는 아나운서 준비생이었다. 앵커의 목소리로 착각했던 나는, 매일 언니에게 뉴스를 보는 줄 알았다고 했다. 언니는 그 말에 몸 둘 바 모르며 칭찬 고맙다고 했다. 근데 칭찬이 아니라 진짜 그랬던 건데. 언니는 아나운서가 되었을까? 아니면 더 나은 다음 꿈에 도착했을까? 옆방에 사는 망나니 같은 여자애가 기침을 해대서 딸기 꼭지까지 썰었던 자신을 기억할까. 신경 써서 메모를 쓰던 자신을 기억할까. 나를 자꾸만 살고 싶게 만드는 사람 중에, 자신이 있다는 걸 알고 있을까.

특선 모둠회

평일 오후 시급 육천 원.

　이는 신촌 바닥에서 흔한 일이 아니었다.

　[고급 일식당 서빙] 알바천국이 제공하는 겨우 일곱 개의 글자로 나는 셈을 시작했다. 주문을 쳐내기 바빴던 패스트푸드점에선 늘 힙합을 틀었다. 재료를 트레이에 채우는 것도, 프라이를 하는 기름 소리도 다 비트에 쪼개졌다. 베지테리언 손님도 주문을 할 때 암베지, 하며 춤을 췄다. 그러나 현악기 연주곡이 느리게 홀을 채우고, 손톱 끝에 남길 고수 냄새도 없는 곳이라니. 손님들은 어떨까. 더 이상 춤은 싫은데. 편의점 취객도 냉동고 불빛으로 머리를 흔들고, 마트에서 줄을 선 사람도 손가락질로 자신의 박자를 뽑낸다. 그러나 일식당에서는 아무리 생각해도 춤사위가 떠오르지 않는다. 게다가 직접 요리를 하는 것도 아니다. 그래, 이거다. 급하게 옷을 걸치고 가게로 향했다. 전화로 기웃대는 것보다 직접 대면해야만 이 꿀알바를 놓치지 않을 것 같았다. 길을 비켜라, 일등 일꾼이 나가신다! 사장님은 두 발로 찾아간 나를 신기하게 맞이했고 그날부터 바로 일을 시작하게 되었다. 어느새 새하얀 셔츠에 앞치마를 두르고, 넓

은 일식당을 누비며 말이다.

생각과 다른 건 하나도 없었다. 고요한 음악과 아무런 냄새도 나지 않는 식당. 그리고 전쟁 같은 주방, 무서운 식구들. 그곳엔 어머니뻘의 직원들과 담배를 자주 피우는 주방 식구들, 그리고 나와 같이 홀서빙 알바를 하는 언니가 있었다. 여기서 일한 지 꽤 되었다며 언니라고 부르라 했다. 나는 똑똑하고 예쁜 그 언니가 좋았다. 언니는 내 절반도 안 되는 얇은 팔뚝으로 무거운 일식 접시를 번쩍번쩍 잘도 들어 올렸다. 나는 접시 몇 개를 요령 없이 옮기며 낑낑대는 게 부끄러워 어색하게 웃었다. 언니는 괜찮다며 쉬운 것부터 하라고 알려주었다.

가장 후다닥 움직여야 할 때는 단체 손님이 나간 뒤였다. 회식이 아닌데도 대낮부터 이렇게 화려한 식사를 한 걸 보면 아주 대단한 사람들인가 보다 했다. 언니와 나는 손님들이 가게를 나서자마자 바쁘게 방으로 들어가 접시를 치웠다. 특선 코스가 차려진 방은 온갖 화려한 그릇이 지나가고, 냉기를 머금었던 돌까지 놓인 무거운 접시가 있어서 꽤 오래 걸렸다. 하지만 늘 무거운 중앙의 회 접시는 언니가, 가벼운 앞 접시들은 내가 가득 모아 치웠다.

그러던 어느 날, 특선 모둠회 접시를 치우던 언니와 눈이 마주쳤다. 언니는 알 수 없는 미소를 지었다. 회 접시 아래 만 원짜리 두어 장이 있었다. 술을 따르거나 불순한 행동을 한 건 아니고, 웃으며 고개를 숙였기 때문이라고 했다. 저질스러운 농담에도 분위기를 건드리지 않은 덕. 그렇게 횟감 받침으로 세 시간 이상의 시급이 깔린 거다. 언니는 이를 암묵적인 룰처럼 받아들이는 듯 가볍게 말했다. 솔직히 나는 회의감을 느꼈다기보다, 언니처럼 열심히 해서 만 원이라도 받는 알바생이 되어야겠다고 다짐을 했다. 그건 꿈이 자주 바뀌던 초등학생 때보다 더 못한 꿈이었다.

　언니는 늘 바빴다. 더 친해지고 싶었지만 피씨방 아르바이트도 가야 했다. 나는 피씨방에서 담배꽁초를 치우는 게 힘들겠다고 생각했다. 하지만 언니는 더 더러운 것도 만지는데 뭐, 하고 웃었다. 주방장들은 직원 식사를 만들지 않았다. 서빙하는 여직원들이 하는 밥을 먹어야 한다는 것이 이유였다. 우리에게 돌아갈 식대는 어딘지 모를 곳에 쓰였다. 온갖 농담을 못 들은 척할 때면, 너는 만 원 갖고도 안되겠다 짜식아, 속으로 생각하기도 했다. 그쯤 나는 불만을 가지는 법을 서서히 익히고 있었다. 그리고 금방 그곳을 그만두게 되었다.

　여전히 모두의 분노는 너무 무거워 위로 뜰 수 없고, 아래로만 흐른다. 최저 시급이 오르면, 시급 받으며 일할 노동자에게 분노할 뿐, 부동산과 물류 유통에 대한 허점에 대해서는 분노하기 어려워하는 것처럼. 분노를 던지는 방향을 알면서도 맞히기가 어려웠다. 운동장에서 콩주머니를 던지던 날을 떠올린다. 처음엔 힘차게 던진다. 박은 쉽게 터지지 않는다. 뙤약볕에 허리를 굽혀 콩주머니를 다시 주워 던진다. 이젠 닿지도 않는다. 슬슬 힘이 빠진 서로의 얼굴이 보인다. 그렇게 해결되지 않는 분노의 방향은 늘 위로 올랐다가, 다시 떨어져 서로의 머리통을 퉁, 퉁, 건드렸다. 난 이렇게 노력하는데 너는 뭐야. 그렇게 각자의 일상을 탓하는 게 쉬워졌다. 바람 불면 웅크리고, 해가 떠야 옷을 벗는 게 사람이라는데. 모두 그걸 아는데도 서로를 흘겼다. 나는 그 사람들이 당연하다고 생각한다. 세상은 늘 '그래도 된다'고 생각하는 곳에 쓰레기를 버리니까. 회 접시 바닥처럼 가장 아래에, 가장 더러운 것을 깔 듯이.

고추였던 것

그 여름밤, 붕장어 세꼬시 앞에 앉은 어린이는 나하나였다. 해수욕장에서 함께 모래성을 쌓던 또래 친구는 과자가 가득한 텐트에 옹기종기 모여 있었고, 이쪽엔 초장을 뜯는 아빠와 소주병을 흔드는 아빠의 친구들뿐이었다. 나는 밀가루나 설탕보다 고기가 좋은 일곱 살인 데다, 저기 모인 아빠 친구의 딸, 아들과는 대낮에 쌓아 올린 우정만으로 충분했다. 회를 오도독 씹어 먹는 와중에도 맞은편에 펼쳐진 피순대 맛이 궁금했다. 조그만 일곱 살짜리 여자애가 뼈 맛을 안다는 이유로, 저녁 내내 어른들의 시선을 끌었다. 고기면 다 묵네, 다 묵어. 남자애들보다 겁도 없네. 머스마보다 낫다. 그렇게 오도독 한 점 씹을 때마다 어른들은 대견하게 보았고, 귀찮아진 나는 금방 일어섰다. 아, 머스마였으면 피순대까지도 자연스럽게 집어 먹었을 텐데.

  낯선 음식을 잘 먹는 건, 태어나기 전부터 쌓은 스펙 덕분인지 모른다. 엄마의 배 속에서 받아먹었던 수소의 생식기. 내 잡식 인생 최초의 커리어는 거기서부터 시작한다.
  이력을 소개하자면, 나는 잠깐 고추였던 아이였

다. 그러니까 고추를 달고 나올 줄 알았던.

당시 소의 생식기를 먹으면 아들을 낳는다는 이야기가 왜 우리 엄마의 귀에만 크게 들렸을까. 엄마는 그 이야기를 기억해 두었다가 나를 가졌을 때, 바로 정육점으로 향했다. 정육점에서 그걸 덜렁 받아 들고 집으로 돌아온 엄마는 냅다 그를 냄비에 삶았다. 삶은 후에도 구역질이 자꾸 올라왔지만 꾸역꾸역 먹었단다. 온갖 역겨움이 식도를 두드려도, 품은 아이가 남자이기를 바라는 마음이 이긴 거다. 콩알만한 나는 뭣도 모르고 그걸 받아먹었을 거다. 아잇, 이게 뭐야. 맛이 이상한데? 엄마 컵라면에 물이라도 올려봐, 하면서.

그런데 거짓말처럼 소 거시기를 먹은 후, 배 속에 있던 조그만 나는 '아들'처럼 굴기 시작했다. 엄마의 구역질이 헛되지 않게 애쓴 효녀의 몸부림이었을까. 엄마의 입덧과 태동, 배 모양, 그 외의 모든 증상, 그건 확실히 사내아이의 기질이었다. 할머니를 포함한 잉태 유경험자 선배들이 모두 그랬다. 경사 났네, 경사 났어. 이유는 몰라도 그냥 시대가 축하하는 일이라는데, 좋지 않으랴. 나라도 그랬을 거다. 그렇게 나는 10개월 동안 우리 집의 장손으로 지냈다. 모든 게 그렇게 흘러가고 있었다. 언니는 남동생을 기대했을까. 모르긴 몰라도 엄마와 아빠는 똑똑하고 귀여운 첫딸에 이어서 든든한 막내아들까지 있는, 완벽한 그림을 기대했을 거다. 모두가 나를 기다렸다.

짜잔. 그런 모두를 놀리듯 여자아이가 태어났다. 놀라셨죠. 미래엔 날생선 뼈를 씹어 먹을 여자아이랍니다. 분명히 고추였다고요? 강렬한 염원은 많은 것을 마비시키지요. 내가 울음을 터트리는 동안, 가족들도 작은 실망을 터트렸다. 자라서 엄마에게 이 이야기를 들으며, 나는 종종 상상했다. 내 탯줄을 자르는 동안 실망했을 몇몇 사람들의 모습을. 그것만큼 재밌는 일이 없었다. 뜻대로 나오지 않은 내가 좋았다. 아들, 그건 모두의 소망이 빚어낸 환상이었을 거다. 나의 존재가 딸이라서 잠깐 실망했다는 부모님의 이야기는 조금도 상처가 되지 않았다. 내가 남자아이였대도 피순대 한 조각과 과한 관심 말고는 얻을 게 없어 보였다. 어린 나에게 가장 필요한 건 평화였고, 여기다 삐뚤어진 애정까지 더해진다면 괴로웠을 거다. 그럼 언니는 자주 상처 받았을 거고, 지금처럼 말없이 서로의 마음을 읽어내지 못했을 거고, 내 유일한 휴식처는 지어지지도 않았을 거니까. 아무튼 내가 고추였다는 사실은 날갯죽지에 깃털이 돋아났다는 아기장수 우투리의 다운그레이드 버전 같은 얼렁뚱땅 일화일 뿐이었다.

　성인이 되고, 기대하고 빌어야 할 게 많아지다 보니 재미로 사주를 본다. 타로, 별자리, 생년월일 생시로 정해진 사주, 신점까지. 짧게는 계절마다 길게는 일 년 단위로 미래를 다짐받으며 나만의 무속신앙 필모그래피를 채웠다. 친구들과 나는 그걸 현대인의 토크 테라피라 불렀다. 분화구에 소원 돌멩이로 쌓은 돌탑 때문에 맹꽁이들이 죽어나간다고 하던데. 그래, 돌탑을 쌓아 올리는 것보다는 이게 낫지. 사람들은 너무 바라는 게 많아. 중얼거리며 나는 밝은 미래를 점쳐줄 이를 찾았다. 그런데 그때마다 나에게 있었다가 사라진 고추를 생각하기 시작했다. 사주를 볼 때마다 나에게 남자의 사주라는 얘기가 몇 번 있었기 때문이다. 큰 일을 한다는 말을 들을 때마다 나는 초조했다. 큰 일을 할 생각이 없는데. 난 크게 될 스타일은 아니고 적당히 요령 피울 스타일 같은데. 엄마가 먹은 소 생식기가 어디로 사라졌나 했는데, 사주로 들어가 부렀네, 하고 생각하며. 남자였다면 크게 됐나. 도대체 어떻게요? 나는 맞지 않은 옷을 입은 운명인가?

가만히 생각해 보면 태몽부터 앞뒤가 묘하게 안 맞았다. 엄마가 꾼 나의 태몽은 고등어였다. 그런데 바다에서 헤엄치는 고등어가 아니라, 산 위를 퉁! 퉁! 올라가는 고등어. 맑은 날 높은 산꼭대기로 배를 튀기며 올라가는 대형 고등어가 나라니. 처음에 들었을 땐 크고 싱싱한 고등어라 다행인데, 왜 하필 바다가 아니라 산을 오르는 걸까 생각했다. 엄마도 종종 내가 힘들어 보이면, 고등어가 산을 올라가던 게 혹시 억지로 힘든 일을 해내는 게 아니었나, 하며 걱정을 했다. 마치 그런 꿈을 꿔서 미안하다는 듯이. 바다를 보지 못한 자기의 잘못이라는 듯이. 그렇지만 그 고등어는 정말 행복하고 신나게 뛰어올랐다며. 그게 중요한 거지. 게다가 엄마가 좋아하는 고등어잖아. 그런 고등어가 크고 싱싱했다면 엄마가 꿀 수 있는 최고의 꿈일 테니.

나는 그 태몽 이야기를 좋아했다. 좋아하면 좋은 일로 새겨야지. 그래서 500원짜리 크기의 타투를 새기기로 다짐했다. 산을 오르는 싱싱하고 큼직한 꿈속의 고등어를. 처음으로 몸에 타투를 하겠다는 나의 말에, 엄마와 아빠는 의외로 기대감을 드러냈다. 심지어 엄마는 타투 도안에서 고등어가 산꼭대기에 깃발을 꽂아주는 건 어떠냐고 했다. 그렇게 해서라도 엄마는 내심 고등어가 신나는 길을 가고 있는 꿈이었기를 확인받고 싶었나 보다. 나는 고등어가 산으로 가서 춤을 추든 잠을 자든 아무 상관없었지만, 그 깃발 하나로 엄마의 태몽이 보람찬 영웅담으로 재탄생된다면 뭐든 새길 수 있었다. 타투를 새긴 후 엄마는 꿈에서 본 그대로라며 좋아했고, 아빠도 마음에 들어 했다. 고추였던 아이는 더 이상 뭐가 될 뻔했던 아이가 아니라, 뭐가 될 아이라고. 두 사람은 그렇게 여기는 것 같았다.

내가 자주 가는 한의원에는 환자 차트에 어느 침을 맞는지 메모를 해두신다. 내 차트에 뭐라고 적혀 있는지 신경 쓴 적이 없었는데, 어느 날 의사 선생님이 침을 놓더니 역시 잘 참으신다며 내게 차트 내용을 알려주었다. [침 잘 맞는 환자. 남자보다 아픈 거 잘 참는 환자.] 혹시 큰 일을 한다는 게 이런 아픔을 참는 것도 해당되는 걸까? 그런 거면 좀 억울한데. 이

렇게 된 거 진짜 큰 일을 하는 게 낫겠다 싶다. 아무
튼 구역질을 참아가며 했던 엄마의 노력은 완전히
꽝은 아니었나 보다. 음메.

"요샌 뭐가 유행이니?"

또 이 시간이 왔구나. 프로그램 구성 회의를 할 때, 격주에 한 번은 꼭 나오는 주제다. 보통 연차가 얼마 되지 않은 어린 작가들을 향한 질문이지만, 정작 당사자들은 망망대해에 놓인 것처럼 눈을 허공에 굴리며 입술을 깨문다. 나도 그랬다. 막내 작가였을 땐, 내가 입고 듣고 놀던 것들을 '유행'이라고 부르는지 꿈에도 몰랐다. 지금의 10대, 20대도 그냥 살고 있었을 뿐인데, 윗세대들이 자신들에게 '젠지'라 부르며 선을 긋고 있다는 걸 알게 되었겠지. 자신과 멀리 있는 존재들을 향해 이름을 붙이고 한 담장에 넣는다는 건, 늘 그 테두리 밖의 사람들을 위한 거니까. 그래도 얼마 전까진 유행 근처에 가는 급행열차를 탈 순 있었는데, 슬슬 두어 번은 환승을 해야 겨우 도착하는 시골쥐가 된 기분이다.

아무튼 그때의 습관이 남아서, 이젠 유행을 따라가려면 두어 번은 환승해야 겨우 도착하는데도, 늘 유행을 업데이트하고 지내야 한다는 강박이 있다. 그런데 이젠 유행을 도저히 따라가지 못하는 상황이 속속 등장한다. 갑자기 어디선가 만들어져 튀어

나오는 유행 말이다. 어디 유행 밀키트라도 파는 것처럼, 다들 뚝딱뚝딱 잘도 만들어서 온갖 웹진에 며칠 간격으로 초면인 유행이 나타난다.

그래, 일단 발레코어, 블록코어 패스하고, 드뮤어 스타일까지도 오케이다. 그런데 금수저코어는 너무하지 않아요? 요즘엔 아이돌도 성골 진골 따져가며 영어 유치원이나 유학파 출신의 부유한 집이면 더욱 주목을 받는단다(그 사이에 저속 노화가 추가되고, 갑자기 두바이 초콜릿 열풍이 불었다가 진작 끝났다). 에이, 짜식들아. 너무하잖아. 유행이 장난이야? 방구석에서 열을 냈다가 결국 결심한다. 유행 이제 모르겠고, 그냥 나만의 리그를 만들자. 어차피 소수가 만드는 게 유행인걸. 10대, 20대 못 따라갈 거면 관둬. 어차피 지구의 절반은 30대 이상인데 말이다. 보아하니 내가 그냥 갖다 붙이면 유행이라고 해도 되겠더라.

마이웨이코어 이름 그럴싸하고 좋네. 생각해 보면 나야말로 유행하는 건 나름 앞서서 해봤다. 코로나도 유행할 땐 세 번이나 걸리고(정부 지침에 따라 손끝으로 바닥을 긁어가며 손 씻기를 해왔으며, 마스크를 미간까지 올려 쓰고 다니던 1인), 동년배들은 이제 막 고생한다는 내성발톱 수술도 고등학교 때 진작 뗐다. 엄지발톱 아래 가장 연한 살에 꽂아 넣는 마취 주사의 충격은 내 영웅담 중 하나다. 게다가 공황장애도 일찍이 파악해 정신과와 상담센터도 추천해 줄 수 있지. 아니, 이건 유행이 아니라 경험담인가.

사실 나는 그냥 체험의 감각이 필요한 거고, 거기서 공동으로 나눌 이야기에 소외되는 게 싫다. 뭔가 되려고 하는 시간이 괴롭다고, 아무것도 아닌 시간을 보낼 순 없지. 그렇다고 시대를 관통하는 척 허영을 떨기엔 여유가 없어 유행 하나라도 붙잡는 거다. 생각해 보면 '뭐가 된' 시간보다 '뭐가 되지 않은' 시간이 훨씬 긴데. 인생의 대부분은 아직은 아무것도 아닌 시간일 텐데. 그 시간이 꼭 의미가 있어야 하나. 그냥 그때그때 파도를 타다가 각자의 길에서 마주치면 방금 본 상어 떼를 알려줄 정도의 이야기만 있어도 충분한데 말이다. 그럼 근데 또 어디 파도가 짜릿하다는 소문이 돌고, 그 물길이 유행하겠지. 그렇다면 내가 하고 싶은 걸 유행이라고 소문을 내야겠다. 어제부터 유행하기 시작한 거라고.

피어싱

이제 막 방송 작가를 시작했을 때, 좀 이상하지만 누군가 내 이름을 부른다는 사실이 좋았다. 직업을 향한 애정과 존중, 그런 차원이 이끄는 감정은 아니었다. 새빨간 인주에 도장을 콕콕 찍을수록 진한 자국이 남듯, 이름이 불릴 때마다 엉덩이를 들썩이며 분주해지면 내 자리는 선명해졌다. 그 확실함이 좋았다.

회사에서 뭐가 그렇게 좋았냐 하면 뭐니 뭐니 해도 심부름 시간이 제일이었다. 팀 사무실 비품으로 문구류를 사든, 회의 중 커피를 사러 가든, 뭐든 나를 불러 부탁하는 게 다 좋았다. 주문을 받고 사무실을 나가 맡은 걸 해내고 돌아오는 일. 나는 그 시간이 너무 소중하고 달콤해 누구도 그 일에 참전시키지 않았다. 이 심부름 길엔 나만이 존재해야 했다. '무거워서 못 들고 올 텐데…' 하는 착한 선배의 걱정을 안심시키려 튼튼한 팔목을 들이밀기도 했다. 덕분에 나는 테이크아웃 아이스커피 20개를 혼자서 나르는 서커스 재능을 발견했다. (이 재능은 먼 훗날 분리수거 포대 자루 두 개, 박스 더미와 일반 쓰레기 묶음을 허리춤에 끼고서 10층을 오르내리는 데 사용된다. 매주 목요일, 경비 관리인과 같은 동주민들이 이 서커스를 관람 중이라고.)

　놀라운 건 나는 사람들을 좋아하며, 사랑을 주고받는 것도 좋고, 관심받는 것도 좋아하는 성격이었다는 거다. 내가 얼마나 쉽게 사람을 좋아하느냐면, 인간 이하로 나를 대하던 직장 선배가 다음 날 멀쩡하게 백화점에서 바비브라운 립 틴트를 사주자, 나는 그가 알고 보면 좋은 사람일 거라 기뻐했다. 모든 걸 용서했다. 그런 게 바보 같았다. 사과의 값을 너무 싸게 받았다. 립 틴트 하나로 내 가치를 퉁치는 것 같아서 속상했지만, 그래도 나는 사람이 좋았다.

　그러니 내가 심부름을 좋아한 건, 혼자 있을 수 있었기 때문이 아니라 나의 쓸모가 누가 봐도 확실한 순간이었기 때문이다. 길어지는 회의 시간, 이 아이디어를 말할까 말까 고민하다 생각한다. 코 흘리던 때부터 방송계에 몸담았던 대선배들이 뱉는 수백 마디 사이에, 감히 내가 시답잖은 말을 아이디어라고 뱉어도 되는 걸까. 어떤 선배의 말이 끝나고 뱉는 게 최적의 타이밍일까. 그렇게 모두의 들숨, 날숨까지 체크하며 회의에 방해가 되지 않는 몇 마디를 뱉고 나면 금방 진이 빠진다. 그래도 늘 뭔가 부족한 느낌이었다. 그러니 확실하게 나의 역할이 돋보이는 심부름이 마음도 몸도 편했던 거다. 만약 그 길에 다른 선배가 함께한다면, 나는 그 선배와 즐겁게 가는 데 힘을 보태야 하고, 다녀와서 그동안 지나가 버린 회의 내용을 또 다른 선배에게 물어가며 채워야 한다. 그 모든 걸 계산해 보면… 네 발로 기어서 커피 열댓 잔을 이고 지고 오는 게 낫다.

그러나 몇 개월이 지나자 이름이 불리고 제 할 일을 하는 거로는 마음이 다 채워지지 않았다. 모든 건 적응이 되어버렸고, 빈틈을 붙잡던 뿌듯함도 쿨타임이 길어졌다. 접착력이 예전만 못하니 수시로 가슴에 웃풍이 들었다. 그때부터는 회사 앞을 돌아다니기 시작했다. 기분이 나아지기 위해 좋아하지도 않는 달콤한 크림이 올라간 커피를 커스텀 주문까지 해가며 사 먹기도 했고, 월급의 반이나 되는 코트를 사기도 했다(짐작하겠지만 코트가 비싼 게 아니다). 그리고 또 절반은 미용실에서 두피 관리 정기권을 끊었다. 권유에 의해 끊은 거지만, 그건 호구가 아니었다. 들킬 게 들켰다는 기분이었다. 사실, 내 두피는 피딱지로 가득했다. 당시 남들 몰래 일부러 뜯고 상처를 내고 있었다. 원체 머리숱이 적은 편도 아니었고, 10년이 지난 지금도 흰머리도 없이 멀쩡한 머리인데. 그나마 유일하게 멀쩡한 머리에 손을 댔다.

처음엔 머리가 많이 빠지는 줄로만 알았다. 스트레스 때문에 그런 일이 생기기도 하는지 잘 몰랐다. 힘들다고 나를 아껴주는 선배 언니들에게 솔직하게 말했다면 좋았을 텐데. 나는 사랑하면 힘든 걸 모르게 해야 한다고 생각했다. 늘 두피를 쥐어뜯고 혼자 피를 닦았으면서도, 숨기려 머리카락을 질끈 묶었다. 어떻게 멈춰야 할까. 아, 그래. 여기다 돈을 엄청 쓰면 돈이 아까워서 손이 묶이겠지. 그러다 정말 손이 묶였다. 대신 나는 다른 걸 또 뜯기 시작했지만.

고백하자면, 나는 당시 상처를 내는 일에 익숙해져 있었다. 다른 한쪽을 마비시키려는 본능 같았다. 한밤중에 한강으로 걸어가 아침이 되도록 한 방향으로 걷고 또 걸었다. 돌아오는 걸 생각하지도 않고 낯선 동네에서 늘 고꾸라졌다. 보는 눈이 없으면 갈대밭에 누웠다. 진흙에 파묻혀 풀 아래로 한기가 올라와도 일어나기 싫었다. 걸어야 한다는 생각조차 없이 걷고 있었다. 생이 이끄는 걸음에 육신을 맡기고 나면 체에 거른 것처럼 출근과 업무만 남았다. 그게 좋았다. 이 시기만 무사히 보내면, 상처가 좀 나더라도 인생이 다시 잘 굴러갈 것 같았다. 그래서 가진 모든 것을 던졌다. 시간, 친구, 가족, 그리고 나의 안녕까지 주렁주렁 매달고 출근을 했다. 그러나 덜컹이는 출근길 버스에 앉아 있다 보면 내가 매달았던 것들은 금세 다 떨어져 버렸다. 다음 날이면 빈 나뭇가지가 된 건 다 내 탓이었다 생각하고, 다시 매달았다. 언제쯤 괜찮아질까. 오늘의 나는 늘 내일의 나에게 미안해하느라 바빴다. 어제의 나는 아예 얼굴을 들지도 못했다. 그래, 일을 할 상태가 아니었다는 걸 몰랐다. 회사에서 만나는 사람들에겐 갓 태어난 사람처럼 에너지 가득 보냈고, 그 외엔 대부분 아무도 만나지 않았기 때문이다. 같이 사는 친언니와도 날이 서 있었고, 부모님도 보지 않으려고 애를 썼다. 어쩌면… 아주 마음속 깊이, 그날의 나는 아무것도 모른다고 생각했지만, 실은 나는 알고 있었던 거다. 내가 지금 누군가를 만나기엔 주고받을 마음이 상해버렸다는 걸. 썩은 내를 풍기고 있을 거라는 걸.

가끔 마주치는 막내 작가 동기들의 고생담은 유일한 위로이자 최면이었다. 전부 힘들어. 내 아픔도 당연한 거지. 난 지금 정상이야. 그거 아무 일도 아냐. 그냥 잊으면 돼. 그렇게 우리는 짧게 서로를 달래고 매일 다른 우주로 향하듯 출근길에 나섰다. 일을 맡은 내 역할을 발판 삼아 깊은 우울감에서 벗어나려고 했다.

그러나 사실 그건 벗어난 게 아니라, 아예 다른 사람이 되는 거였다. 나는 과할 정도로 일하면서 만나는 사람들에게 모든 웃음을 쏟았다. 못하겠다는 마음조차 감히 먹지 않았다. 힘들어요, 어려울 것 같아요. 그런 말을 해도 되는 줄 정말 몰랐다. 심지어 촬영 중일 때도 해야 하는 일이 생겼다. 다른 차원의 또 다른 나에게 부탁하지 않고서는 해결할 수 없는 일. 그런 일이 있으면 언니를 찾아 부탁했다. 0.5인분의 돈을 받고서, 실은 두 사람의 몫을 한 거다. 그런데 그게 참 살 만했다. 집과 회사만 오가지 않으면 불쑥 밀어둔 것들이 떠오를 것 같았다. 친한 동생을 보내고, 할머니를 보내고, 사랑하는 사람도 잃고, 오랜 절친은 나에게 인연을 끊자고 했다. 나도 내가 이러는 이유를 몰라 절망스러웠다. 심지어 친한 친구의 가족이 떠났다는 소식에도, 나는 장례식장에 가지 못했다. 너무 일이 바빠서 가지 못한다고 진실이 섞인 핑계를 둘러댔다. 사람들의 얼굴을 떠올리니 힘들었다. 친구는 그런데도 나를 이해한다며 걱정했다. 언젠가, 언젠가 이 마음이 나아지면 가장 먼저 안아주러 가겠다 다짐하며 밤새 울었다. 하지만 회사에서는 또 새로운 사람이 되어 웃었다. 그런데 그게 진심이었다. 지난날의 나를 지우고 싶은 사람처럼 이상하게 굴었다. 생수통을 홀로 번쩍번쩍 들어 올리고 씩씩하게 물을 채우면서.

그러다 피어싱을 뚫기로 결심했다. 당시 피어싱을 뚫으면 스트레스가 해소되기도 한다는 소녀시대 태연님의 이야기를 어렴풋이 들었기 때문이다. 정신이 쏙 빠지도록 어딘가 아팠으면 했던 날, 기적처럼 들은 이야기였다. 그 기대 하나로 하루를 버텼다. 퇴근 후 기다렸다는 듯이 회사 근처 상가 피어스 샵에 가서 양쪽 귀 연골을 나란히 뚫었다. 구멍이 생긴 대가는 10만 원이었다. 나중에 알게 된 사실이지만 당시 물가 기준 열 배 정도 덤터기를 쓴 가격이었다. 호구가 됐다는 사실은 나에게 아무런 영향을 주지 못했다. 다시 돌아가도 그날의 나는 피어스 샵 사장님 멱살을 잡기는커녕, 두 손을 붙잡고 애원을 했을 테니까.

그냥 제일 아픈 데로 뚫어달라고. 그거면 된다고.

그 덕에 혈 자리를 짚듯 여기저기 꾹꾹 눌러가며 내 반응을 살핀 사장님은 가장 악, 하고 아픈 곳으로 잘 골라 뚫어주었다.

하지만 정작 피어싱 샵을 나오면서는 후들거리는 다리를 붙잡고 눈물을 훌쩍였다. 양쪽 귀에 바람이라도 닿을까, 손을 뚜껑처럼 얹고 멋없는 자세로 말이다. 세상에 이렇게 아프다고요? 누가 송곳이라도 달고 귀에 주먹질을 한 것 같았다. 어디가 잘못된 건 아닌가 싶어 또 다른 스트레스가 몰려왔다. 월드스타 소녀시대의 스트레스는 얼마나 큰 걸까. 나란 놈은 아직 스트레스를 덜 받아서 이딴 게 아프구나. 난 엄살이구나. 고통을 감내할 준비가 되지 않은 나를 탓했다. 태연님을 믿으면 믿었지, 내 고통을 믿지는 않았다. 고통을 즐긴다는 건 뭘까. 어떻게 당신은 이걸로 해소가 되었나요, 하면서 말이다. 그런 생각을 하는 동안 절망했던 어느 하루는 지나가고 있었다.

몇 달이 지나고 피어싱은 자리를 잡아 제법 익숙한 듯 내 귀에서 반짝였다. 막내 작가로 자리를 잡은 나처럼. 피어싱을 볼 때면, 내가 어디 돈을 썼는지, 뭐 때문에 아팠는지, 전부 피어싱 탓으로 돌릴 수 있었다. 내가 이렇게 힘든 건 막내 작가 일이 너무 힘들어서야. 모든 탓을 했던 것처럼. 동기 작가들끼리 모여서 우스갯소리로 그런 이야기를 했다. 막내 작가의 미덕은 살 만한 집에 살아야 한다는 거다. 맞는 말이다. 나는 그때도 여전히 부모님께 종종 용돈을 받았다. 그래야 일을 관두지 않고 꿈 하나를 보고 계속해 나가니까. 꿈 되게 웃기지 않나. 나는 꿈 꾼다는 표현이 싫다. 장래 희망이라는 이유로 많은 감정이 거세당하니까. 그때의 나는 꿈을 이루는 것보다, 꿈에서라도 할머니를 만나는 일이 더 필요했을지 모르는데. 하긴, 알았어도 나에겐 이것뿐이었으니 방긋 웃었을 거다. 쓸데없는 아픔에 맷집을 키우며 말이다.

그 후로도 피어싱 같은 이벤트가 또 없을까 찾아 헤맸다. 이리저리 흔들지 않으면, 가장 깊게 묻어둔 일에 시선이 금방 고였으니까. 고루고루 퍼질 수 있게 자꾸만 뭔가를 만들어야 했다. 아파서든 기뻐서든 뿌듯해서든, 마구마구 흔들다 보니 가만히 둬도 춤을 추듯 보였다. 그럼 다들 너 정말 잘 지내고 있구나, 하며 안심했다. 그거면 됐다고 생각했다. 씩씩

하고 밝고, 바쁘다. 그게 필요했다. 내가 정처 없이
모르는 갈대밭까지 다섯 시간을 걸어가 누워서 기
절을 하든, 먹겠다고 사는 게 징그러워서 토를 해대
고 내 뺨을 때리든, 나는 자꾸만 벌을 주고 싶었다.
반성을 할 게 없는데 벌을 받으니 해결된 게 없었다.
그래서 반성을 하는 대신, 자국을 남기기로 한 거다.
피어싱 같은 것들로 말이다.

약속 시간은 아직 멀었지만 일찍이 마중을 나갔다. 내가 이런 일이 잘 없는데. 심지어 맨발로 쫓아나가 길을 살핀다. 그러고는 발에 밟히는 돌멩이나 유리 조각을 찾아내 줍는다. 발에 박힌 것도 마구 뽑아낸다. 약속 시간 전까지만 해결하면 된다. 그때부턴 비단길만 놓여야 한다.

지금 내가 기다리는 건, 새해다.

현재 9월. 오지도 않은 새해에 벌써 10만 원을 태웠다. 아마 10년 전에도 이런 적이 있었던 것 같다. 다이어리를 세 개 정도 내리 망치고 또 샀던 때. 그보다 규모가 더 커졌다. 생각해 보니 글 쓰는 프로그램도 내년까지 구독을 연장했고, 수영장도 내년까지 끊어놓았으니 내년을 위한 투자가 어마어마하다. 이 가을은 버려두고서 말이다.

이렇게 새해를 유독 빠르게 준비한다는 건, 그 해가 괴로웠다는 증거다. 정도에 따라 더 빠르게 당겨지기도 한다. 지금 보내는 이 시간을 몽땅 부정하고 싶을 만큼 아무것도 아니었던 해. 그냥 안 풀리는 해였다, 한마디로 퉁치기로 마음먹은 때. 마음먹은 건 족족 되지 않았던 해. X자로 가득한 날을 뒤로하고,

믿을 건 다가올 깨끗한 새해뿐일 때.

오지도 않은 새해에 얼마를 쓰는 걸까. 하지만 좌절해선 안 된다. 생각해 보면 오지도 않은 성공을 기다리며 써댄 복채가 얼마며, 유명해지면 좋을까 싶어 돈 몇십을 주고 미래의 펄명을 받기도 했다. 그렇게나 간절하냐고 물으면 모르겠다. 그냥 열심히 사는 만큼 제대로 보상을 받고 싶다. 그러려면 어느 곳 하나 빈틈이 생기지 않아야 한다. 이름이니, 사주니, 쓸데없는 데서 불행이 새어 들어오지 않게. 그렇게 오지도 않은 날을 위해 오늘의 나는 자꾸만 이것저것 고쳐댄다.

그렇게 고쳐댄 것 중에 의미가 있었던 게 있었나. 가장 무의미했던 건 있다. 오지도 않은 사람에게 쏟은 마음. 정말 최선을 다해 쓸데없이 쏟았다. 그러고 나면 스스로에게 부끄러울 정도로 그 시간을 지우고 싶어졌다. 나는 늘 질주하듯 사랑을 느꼈고, 가속도가 붙은 마음은 정신을 차리고 나서도 멈춰지지 않았다. 그래서 매번 동떨어진 곳에서 멈춰 한참을 떠돌았다. 그러다 그런 마음이 지긋지긋해진다. 혼자 시동을 걸어 늘 도망치듯 빠져나오기 바빴다. 그러는 동안 꽤 많은 땅을 헤맸고, 모두 나의 발자국이 남아 내 땅이 되었다. 영화쟁이면 벼락치기로 영화 전문가가 되었고, 그림을 좋아하면 듣도 보도 못한 제3세계의 화가까지 외워댔고, 뜬구름 잡는 소리를 하는 것 같은 뮤지션의 속사정까지 외워댔다. 마음을 쏟은 대가로 의도치 않게 야매 만물박사가 되어버렸다. 지난 사랑은 폐허만이 남는다는 말이 있던데, 그렇다면 억울해서 못 살지. 본전 찾기에 미쳐버린 사람은 그 폐허에 고고학자를 보낸다. 하나라도 더 건질 게 있을 거야. 그러니 이렇게 새해에 충성을 맹세하는 것도, 꼭 내가 원하는 방향이 아니더라도 뭔가 남긴 할 거다. 올해의 절망을 일찍 끊는 것부터 역할의 절반은 해냈다고도 하겠다.

　　회사에서 내어준 사무실은 작지만 포근하다. 창문이 없기 때문에 문을 활짝 열어두고 환기를 해야 하는 게 단점이지만. 내 분노의 타자 소리가 복도에 울리는 것보다 무서운 건, 뱉은 숨을 다시 재활용하듯 마시며 이 사무실에서 썩어가는 나다. 환기에 민감한 나는 집착적으로 맑은 새 공기를 원한다. 문을 활짝 열어두면 다른 팀의 움직이는 소리가 모두 들린다. 드라마 팀은 늘 바쁘고 북적댄다. 벌써 몇 편의 드라마 팀들이 첫방과 종영을 반복하며 사무실을 오갔다. 늘 새롭게 바글거리는 그들이 종종 부러웠다. 세상에 나의 것이 나오기는 할까? 마음을 다 주는 게 멋없어 보여 지난여름부터는 드라마라는 장르는 제일 재미없는 글쓰기다, 이젠 싫어졌다며 막 떼를 쓰기도 했다. 그러다가도 생전 처음 듣는 배우가 나오는 해외 드라마에 홀라당 마음이 뺏겨 밤새 시리즈를 격파하고 늦잠을 자기도 했다. 내일은 좀 제대로 살 수 있나.

맞은편 사무실에선 이제 노래를 크게 틀어놓고 작업하기 시작했다. 우와 자유로워라. 음악 감상 동아리처럼 같은 층 전체에 10년 전 히트한 노래들이 울려 퍼진다. 아이구, 내가 좋아하는 장르는 아니구나. 시끄러워서 이어폰을 낄까 고민했지만 노이즈 캔슬링은 멀미가 난다. 문을 닫자니 갑갑하다. 나도 참 답답하지. 벤치에 앉아서 사람들이 나누는 이야기 듣는 건 좋아하면서, 이런 건 왜 못 참을까. 설마 이건 질투일까? 아니. 내가 죽어도 안 듣는 사랑에 우는 노래라서 그렇다. 흠, 어떻게 하지. 고민하는데 갑자기 캐럴이 흘러 나온다. 가을날의 캐럴은 좀 반칙인데. 늘 방심하고 있다가 훅 들어오는 기습 공격에 나는 다시 마음이 녹는다. 모두가 흥얼거린다. 흥얼대는 저 사람들의 크리스마스는 안녕할까? 나는 이미 새해를 맞이하느라 크리스마스를 맞이할 기운은 없었는데. 그러고 보니 치약은 짜개에 끼워서라도 끝까지 꾹꾹 눌러 쓰는 나인데, 왜 올해는 이렇게 대충 짜서 쓰고 버리려고 하나. 그래, 크리스마스. 12월 끝까지 꾹꾹 눌러 써보자. 내년을 미리 연습하듯이. 남은 것도 마저 잘 써야겠다.

손맛 없는 할머니

대선을 앞두고 세상이 시끄러웠다. 어느 때보다 각 후보의 지지자 비율이 비등했기에 어딜 가도 누구를 지지한다는 말을 하기가 조심스러웠다. 나는 당당했지만, 그에 대해 이야기를 나눌 자신이 없었다. 나의 선택을 설득한다는 건 때때로 상대방에게 반감을 산다는 걸 알고 있었으니까. 어린 시절 나는 누군가의 마음을 맞추지 못하는 게 가장 무서운 아이였다. 내가 가진 건 늘 최소한의 것이었기에, 늘 세상에서 모자란 쪽이 되진 않을까 겁을 냈다. 그럼에도 불구하고 고집은 세서 싸우고 싶진 않은 거다. 그런 시기에 택시를 잡았다. 택시를 탔더니 기사님이 한 후보의 단점을 세 가지 대라며 다짜고짜 물었다. 기사님이 그 후보의 지지자인지 아닌지를 파악할 수 없었다. 거리가 얼마 되지 않는 코앞의 목적지가 불만이라 그런 걸 묻는 걸까 초조했다. 어떤 대답이 그를 웃게 만들까. 곰곰이 생각하다 "입술이 너무 얇지 않나…" 라는 제삼의 답을 뱉어버렸다. 그는 미간을 살짝 찌푸리다 피식 웃었다. 기사님은 후보자의 지지자였으나 그를 잊을 수 있게 단점을 알려달라는 거였다. 의외의 상황에 나도 푸핫, 웃어버렸다. 그래, 잊으려면 단점이 필요하지. 우리

116

할머니의 단점은 뭘까. 집에 도착하자마자 밥 한 덩이를 데우며 기억 속에 재워둔 할머니를 불렀다. 잊기 위해서 다시 꺼낸 거다.

우린 여느 관계처럼 할머니~ 우리 강아지~ 하며 죽고 못 사는 사이가 아니었다. 할머니는 귀한 아들 아끼느라 식육점에서 받아온 꼬리곰탕을 몰래 아빠에게만 내어주는 분이었고, 나는 그 곰탕에 들어간 살코기 몇 점을 몰래 건져 먹는 무지막지한 아이였다. 어쩌다 내가 반찬 투정을 하면 할머니는 "너거 어마이한테 말해!" 하고 꾸중을 하고, 나는 "엄마가 한 거처럼 해달라니까!" 하고 근본 없는 말대꾸를 하는 사이였다. 치열하다는 건 빠듯한 살림의 증거였고, 그 속에 다정함이 들어갈 자리는 없었다. 그래 봤자 우리 둘은 그 누구보다 많은 시간을 공유하는 사이였다. 할머니는 해 질 녘마다 창문을 바라보며 아무 말 없이 그늘진 웃음을 보였다. 그건 나밖에 모르는 웃음이었다. 할머니 역시 아빠와 엄마를 기다리는 내 얼굴을 보았던 유일한 사람이었다. 그래서 서로에게 빚이 있었는지도 모르겠다. 누구와도 공유할 수 없는, 서로의 그늘을 나눠 가졌으니.

또 우리 둘만의 이야기가 있다면, 할머니와 나만의 식사 시간이다. 우리 할머닌 여느 집과 다르게 잘하는 음식이 없었다. 보통은 할머니의 손맛에 군침을 흘린다지만, 나는 엄마의 음식이 더 좋았다. 그러나 엄마는 주말이나 되어야 한 상을 차릴 수 있었다. 할머니가 챙겨준 아침은 아빠의 해장용 재첩국 외에 특별한 반찬 없이 늘 비슷했다. 그래서 아침을 거르고 도망치듯 학교를 가기 일쑤였다. 밥을 거르고 몰래 등교하다 교문 앞까지 쫓아온 할머니의 손에 뒷덜미를 잡혀 집까지 끌려간 적도 있었다. 할머니의 반찬은 뭔가 힘이 없었다. 축 처진 고들빼기 무침에 맹탕 같이 물을 섞어 데운 된장찌개, 그리고 여기저기 터진 계란프라이. 대체적으로 흐리멍덩한 밥상이었다. 할머니 당신도 그 사실을 잘 알았다. 하루는 엄마가 했던 달큰한 고추장 오징어볶음을 비슷하게 따라 해보며 내가 밥 한술 뜨기를 기다렸다. "느그 엄마가 한 거랑 비슷하제." 그 말을 뱉고 초조해하는 할머니의 얼굴을 더 구길 수 없어서 밥을 한가득 먹었다. 엄마가 한 오징어볶음과는 많이 달랐다. 양념을 두세 번은 더 하느라 뭉개진 오징어가 그래도 좋았다. 그건 나를 위한 반찬이었다. 그 후로

웬만해선 아침을 거르지 않았다. 그 덕분에 밥상머리 곁에 있던 할머니는 감시자의 자리를 내려놓고 여유로운 아침을 만끽했다.

할머니가 요리를 잘하지 못한다는 사실은 때때로 나에게 숨 쉴 구멍이 되기도 했다. 가끔 도저히 뭘 해 먹나 답이 나오지 않던 날이면, 할머니는 백화점 지하 마트에서 양념돼지갈비를 사 와서 구워주었다. 나에게 천국은 그런 날들이었다. 물론 엄마도 주말마다 반찬을 잔뜩 해뒀다. 죄다 어른들이 좋아하는 반찬이었지만, 아이들의 입맛을 고려할 여유는 우리에게 없었고 내 입맛도 다행히 쉬운 편이었다. 그러나 밖에서 사 먹는 건 비싸다며 뭐든 집에서 만들어 주었는데, 그 음식이 내 호기심을 채워주지는 못했다. 고백하자면 어린 나는 바깥 음식의 조미료 맛을 사랑했다. 그래서 할머니가 반조리된 음식을 사 오는 날은 날아갈 듯 기뻐지는 거다. 돼지갈비 양념이 눌어붙은 프라이팬에 숟가락을 긁다가 바짝 혼이 나도 그날은 괜찮았다.

생각해 보면 밥상머리에서 수많은 할머니와의 역사가 탄생했다. 사료는 오직 나뿐인, 단둘만의 역사.

나와 밥을 먹을 때 할머니는 먼 산을 바라보며 별 이야기를 다 들려주었다. 유치원에 가기 전에 어디서 봤다는 디스코 머리를 땋아주기도 하고, 친구 집에서 먹어본 오징어국이 맛있었다고 하니 어떻게 생겼는지 꼬치꼬치 물어서 다음 날 해주기도 했다. 또 삼촌이 친구 집에서 조밥을 먹고 해달라고 졸랐던 이야기를 친구에게 말하듯 귀엽지 않냐고 하는 사람이었다. 그 밥상머리에서 할머니가 만든 밥상과 그를 둘러싼 시간을 들으며 나만의 퍼즐로 차곡차곡 맞춰갔다. 맛이 없는 반찬을 헤집어 놔도 할머니 얘기에 귀를 기울이면 눈치채지 못하고 넘어갔다.

아무튼, 우리 할머니의 단점은 손맛이 없다는 거다. 아빠만 먹으라고 갈아 둔 검은콩 우유조차 가끔 설익어 풋내가 날 때가 있었다. 그마저도 탐이 나, 몰래 몇 모금 마시고 다시 잠자리에 누운 나였다. 아침이 올 때까지 입안에서 풋내가 진동을 했다. 그 어설픈 맛이 아직도 선하다. 맛있었다면 금방 사라졌을 감각인데. 맛이 없는 걸 먹고 혼나는 건 여파가 오래간다. 그건 할머니와 나만 아는 시간이다. 누구와도 공유한 적 없는 황당한 일상들. 맞장구쳐 줄 사람 하나 없는 혼자만의 기억. 추억을 뱉을 곳이 없다는 건, 낯선 길가에서 토할 자리를 찾는 것만큼 답답하다. 구역질에 후들거리는 숨을 달래고 달랜다. 할머니와 단둘이 지어 먹은 밥. 나만 아는 친구의 이야기. 그런 게 차라리 다 맛 좋은 음식에 가려졌으면 얼마나 좋았을까.

　그러니까 택시 기사님은 틀렸다. 단점은 아무런 힘이 없다. 스스로 걸어 나갈 줄을 모른다. 꺼내어 봤자, 더 오래 머물 뿐이다.

쥬단학을 모르세요?

알아서 다 하는 아이에게는 남모를 부끄러울 일이 많다. 부모님이 챙겨주지 못한 준비물을 가져가면 늘 풋내가 나고 어설퍼 놀림거리가 되기 쉽기에, 알아서 야무지게 방어를 해야 한다. 어느 학예회 때는 부모님이 직접 만든 작품을 하나씩 제출하라고 하기에, 종일 머리를 싸매다가 화장실에 걸려 있던 라탄 바구니를 챙긴 적도 있다. 빗을 넣었던 흔적 없이 탈탈 털어 휴지로 닦아서 가져갔고, 그날 우리 엄마는 라탄 공예를 하는 취미를 가진 사람이 되었다. 할머니가 며칠 동안 '빗 담는 바구니가 어데를 갔노!' 하며 역정을 내서 진땀이 났지만. 그런 식으로 쓸데없이 숨기는 게 많았던 나는, 장난칠 여유가 없는 아이였다. 그래서 같은 반 장난꾸러기 남자 친구들에게 수시로 눈을 흘기고 허공에 발차기를 했다. 지금 생각하면 놀렸을 때 제일 재밌는 반응을 하는 애였겠지. 조폭마누라니 하는 별명까지 가기 직전까지 경계하다 흥, 하고 무시했다. 깨물거나 꼬집으면 엄마를 불러오라고 할 수도 있으니까. 일은 생기지 않도록.

　그러던 어느 날, 선생님께서 내일 있을 실과 시간

에 조별로 모여 음식을 만들어야 하니 준비물을 챙겨오라며 목록을 적어주었다. 가슴이 쿵 하고 내려앉았다. 이번에도 내가 스스로 해결할 수 있는 준비물일까. 바쁜 엄마나 할머니가 해줄 수 없는 준비물이면 어떡하지 하고 긴장감에 칠판을 바라보았다. 다행히 과도와 앞치마, 비닐장갑, 머릿수건 같은 가벼운 물품이었다.

집으로 곧장 돌아가서 할머니가 방금까지 입었던 된장찌개 묻은 앞치마와, 비닐장갑, 과도를 곱게 싸서 가방에 챙겼다. 그러나 문제는 머릿수건이었다. 나는 머리에 수건을 쓰고 요리를 하는 걸 본 적이 없었다. 한참 고민하다 장롱을 열어, 할머니의 거즈 손수건을 하나 챙겼다. 쥬단학이란 화장품 회사의 거즈 손수건이었다. 거울 앞에 서서 머리에 갖다 대니 턱없이 조그만 사이즈라는 걸 알았다. 어쩔 수 없이 손수건을 잡아당겨 똑딱핀 두 개를 찔렀다. 아슬아슬하게 이마만 겨우 가리는 거즈 손수건이 내 머리 위에 살포시 얹혀 있었다. 됐다 싶어 그대로 학교에 거즈 손수건을 챙겼다.

다음 날 아이들은 내 머릿수건을 보고 갸웃거렸다. 선생님도 이 수건밖에 없었냐는 의도로 "이게 뭐야?" 하고 물으셨다. 하지만 나는 그게 잘못된 용도라는 걸 파악하지 못하고 물었다.

"쥬단학을 모르세요?"

　지금까지도 가족들 모두 웃는 얘기지만, 당시의 나에게는 종일 부끄러운 순간이었다. 거즈 손수건을 억지로 핀으로 꽂은 순간은 담임 선생님의 '추억 만들기' 명목으로 찍어준 활동 사진에 고스란히 남았으니까. 붉어진 얼굴로 아이들 사이에 서 있는 나를 보면, 아는 체하며 아무렇지 않아 하던 그날의 꼬마 요리사가 눈앞에 있는 것만 같다. 그날 유일하게 나를 알아준 사람은 할머니였다. "쥬단학 손수건이 좋은 기다." 그래, 좋은 건 맞구나. 그 말이 유일하게 어린 나에게 위로가 된 순간이었다. 부끄러웠지만 할머니에겐 자랑이었던 그것.

　'이름을 불러주고, 돈도 벌고, 인정받는 그런 기야.'

　할머니는 무릎을 베고 누운 어린 내게 말했다. 수십 년 전 여자가 이걸 이루기가 얼마나 어려운지 아느냐고. 그런데 당신은 그 힘든 걸 잠깐 이루었다고.

할머니는 아빠가 국민 학생이던 시절부터 화장품 방문 판매원이었다. 28년간 계속된 화장품 판매 활동은 할머니의 모든 것이었다. 운영하던 매장에서도 할머니는 인기가 좋았다. 태평양, 그리고 그 안에 있던 쥬단학. 우리 집 손수건, 타올, 거울 등 온갖 잡동사니에는 '쥬단학'이란 글씨가 찍혀 있었다. 고객들을 위한 사은품으로 쟁여둔 그 물건들은 할머니의 은퇴(?)와 함께 고스란히 우리 집 살림살이가 되었다. 나는 '쥬단학' 프린팅이 벗겨지기 일보 직전인 거울을 만지며 물었다. 여기서 무슨 일을 했냐고. 할머니는 집마다 돌아다니며 화장품을 파는 일이라고 했다. 직업 이름은 방문 판매원이요, 이름을 불러주는 고객들 앞에서 열심히 떠들면 되는 일이란다.

확실히 할머니에게 그 일은 효능감 그 자체였고, 명예였다. 쥬단학 배지를 달고 밖으로 나갔다가 때가 되면 돈을 벌어오는 삶. 할머니는 그 덕에 할아버지가 술에 취해 소동을 피워도 덜 무서울 수 있었다. 이유도 없이 꾸지람을 듣고 티도 안 나는 살림만 했으니, 이유 있는 손님의 불만이 차라리 경쾌했으리라.

내가 이토록 세세하게 기억하는 이유는, 할머니

가 쥬단학 시절의 이야기를 끊임없이 복기했기 때문이다. 누구네는 방문 판매를 하다가 영양 크림을 밟아서 거실에 미끄러졌느니, 이게 옛날에는 얼마나 대단했느니, 하는 몇 개의 레퍼토리가 끊길 만하면 자동으로 앞으로 감겨 다시 재생되었다. 할머니의 추억 되새김질에서 쥬단학은 빠지는 곳이 없었다.

어쩌다 할머니의 자매인 이모할머니와 통화를 할 때는 나에게 들려주지 못한 볼썽사나운 일도 한숨 섞인 웃음으로 추억했지만, 나에게 할머니의 쥬단학은 늘 생기 넘치는 추억이었다. 할머니는 그 고된 시절을 미워했다가 그리워했다.

제대로 된 위생 두건을 챙겨줄 틈조차 없던 아빠와 엄마를 원망하지 않았다. 당시 내 소망은 엄마 아빠가 다정한 목소리로 이야기하는 것이었고 그건 돈이 해결해 준다고 믿었다. 그러니 내 눈엔 일을 하는 엄마와 아빠는 늘 대단해 보였다. 게다가 할머니의 쥬단학 얘기를 듣고 자랐으니 더욱 일찍 깨달았다. 일을 하게 되는 건 세상에 섞여 쓸모를 찾는 일이고, 아마 그건 평생 잊지 못할 일이라는 것을, 어

쩌면 사랑하게 될 수도 있다는 것을. 생이 계속되기
위해 온 힘을 끌어내는 동안 깊숙한 자국을 남기며
나와 함께 자랄 거라는 것을.

홈스테이 그랜마, 그랜마 스테이 홈

할머니의 목소리를 들으려면, 052로 시작하는 지역 번호가 필요했다. 아무리 핸드폰이 없어도 그렇지. 평생을 키운 손녀가 서울에서 대학 생활은 잘하는지 궁금하지도 않은가. 할머니는 먼저 전화 거는 법이 잘 없었고, 그래서 가끔 집 번호가 뜨면 놀라며 후다닥 받았다. 엄마 아빠의 잦은 연락은 잘도 피했지만, 할머니라면 달랐다. 더 좋아해서가 아니라, 정말 그럴 일이 없는 사람이어서. 그런데 막상 전화를 받으면 당신도 어색했는지 격양된 목소리로 웃으며 그냥 잘 지내나 묻고는 짧은 인사로 통화를 끝냈다. 할머니는 원래 말수가 적고 표현이 옅은 편이었다. 할머니는 사랑한다는 말을 살면서 해본 적이 있을까? 아빠도 들어본 적 없을 거다. 생일을 축하할 때도 "야 전비기" 하며 성까지 꼭 붙여서 어설프게 축하를 한마디 던지던 사람이니까.

궁금한 사람이 두드려야지, 뭐. 나는 할머니가 장을 보러 나가거나 산책 가는 시간을 대충 알고 있었기에, 그 시간을 피해 집으로 종종 전화를 걸었다. 그나마 내가 먼저 집으로 전화를 걸 땐 대답이 조금 더 길었으니까. 평생을 조용한 양반으로 지낸 할머니도 전화할 때만큼은 세상 씩씩하게 목소리가 커졌다. 그럼 덩달아 나도 목소리를 높여 안녕을 전했다. 살림도 없는 좁은 자취방이 한참 들썩거리다 통화가 끝나면, 그냥… 그냥 그 순간의 내가 싫었다.

어느 날 할머니에게도 핸드폰이 생겼다. 부모님이 이리저리 알려드렸겠지만 할머니는 문자는커녕 전화를 받는 것도 성가셔 했다. 그게 무용지물이 되지 않았으면 해서, 가끔 이유 없이 할머니 핸드폰을 울렸지만, 요금이 더 나오는 거 아니냐고 궁얼댔다. 내가 미쳐. 할머니는 여전하구나. 그저 돈 먹는 기계에 불과했던 할머니의 핸드폰에는, 내가 중학교 가정 시간에 만든 십자수 쿠션이 달려 있었다. 저게 아직 있었다니. 할머닌 저걸 언제 갖고 있었던 거지. 보라색 실로 수놓은 내 연락처. 어쩌다 비상 연락처로 할머니의 핸드폰에 달려 있게 된 나. 그 사실이 왠지 모르게 참 좋았다. 아마 당시 나는 머리가 좀 크면서 내가 지킬 수 있는 것들을 발견하는 기쁨에 취해 있었을 거다. 그래. 다음 여름 방학 땐 꼭 고향에 내려가서 문자를 제대로 가르쳐 줘야지. 계획만으로 으쓱한 나였다.

그 여름은 영원히 오지 않았고, 나도 모르게 몇 해가 흘렀다.

유학원에서 연결시켜 준 홈스테이는 시내 어학원을 오가기엔 터무니없이 먼 곳에 있었다. 런던에서 가장 교통비가 비싸다는 5존. 피카딜리 라인의 종점. 콕포스터스행 열차를 타고 콕포스터역까지 가는 것. 유학원 직원은 중간에 졸다가 역을 지나칠 일이 없으니 얼마나 좋으냐고 나를 설득시켰다. 그의 미친 긍정 드리블에 현혹되어 고개를 끄덕였다. 해외라곤 대학교 3학년 때 배를 타고 오사카를 가본 게 다였던 나에게는 그 직원이 유일한 지도이자 나침반이었으니까. 게다가 주택단지라 조용하고 분위기가 좋을 거라며 여유로운 런던 바이브를 느끼게 될 나를 부럽다는 듯 호응했다. 흐음, 그런가. 머쓱하게 뒤통수를 긁었다. 당장 잠을 자도, 귀동냥으로 들어본 빅벤 시계탑 아래서 노숙을 하는 게 나을 것 같다고, 그 말은 꿈에서도 못했다.

다행히 유학원의 말에는 거짓이 없었다. 네트워크가 잡히지 않는 지하철이었지만, 아이유 모던타임즈 앨범을 반복하면 어학원도 오고 갈 만했다. 칙

칙한 구글맵 뷰를 억지로 확대했을 땐 모든 게 조각나 보였던 콕포스터스도, 실제로 만났을 땐 아름다운 동네였다. 게다가 나의 집주인 재클린-마이크 부부 역시 그 동네를 똑 닮아 우아하면서 포근한 사람들이었다. 그들도 나만 한 손녀가 있다며 나를 가족 반기듯 환영해 주었다. 그들은 말끝마다 내게 스위리, 러블리, 붙이며 집을 소개해 주었다. 사는 동안 차곡차곡 모아온 예쁜 그릇들과 잘 가꾼 뒤뜰을 보여주며 자신들의 취미까지도 알려주었다. 우리 할머니의 취미는 TV뿐이었는데 그건 지금 어디 뒀더라, 생각하던 찰나. 재클린은 웰컴 티를 건네며 내게 이것저것 물었다. 재클린과의 짧은 티타임에 그녀는 우리 가족도 모르는 나의 이야기를 알게 되었다.

　다음 날부터 그녀는 아침마다 나를 조심히 깨우러 왔고, 씻을 동안 아침 식사를 차려주었다. 나는 조금 당황했다. 그땐 이미 스무 살이 훌쩍 넘은 휴학생이었으니, 누군가 나를 아이처럼 깨워준다는 건 너무나 어색한 일이었다. 또 학교에 다녀오면 재클린은 늘 티를 준비해 뒀다가 나를 앉히고, 오늘은 어땠는지 하루를 들려달라 물었다. 나에게 궁금한 게 많다는 것도 신기했지만, 사실 '오늘 하루 어땠냐'는 질문이 가장 당황스럽고 낯설었다. 태어나서 그런 질문을 들어본 적이 없었으니까. 그런 건 드라마나 만화 영화 속에 나오는 여유로운 엄마들이 하는 말 아닌가. 실제로 이런 걸 묻는구나, 하며.

시간이 지나 재클린과의 대화 시간이 익숙해졌고, 그럴수록 그들의 손녀가 부럽고 궁금했다. 나는 물었다. 재클린은 손녀랑 전화 통화 자주 하느냐고. 우리 할머니는 말수도 적고, 나한테 전화도 자주 하지 않았다고. 내심 그녀에게서 동화 같은 답이 돌아오리라 생각했다. 전화를 자주 한다고 하면 내 예상 그대로 다정한 할머니일 것이고, 그게 아니라면 둥지에서 계속 품을 순 없다든지, 새가 멀리 날아가려면 붙잡아서는 안 된다든지, 그런 낭만과 여유를 뱉을 것만 같았다. 그러나 내 기대와는 달리 재클린은 심플하게 웃었다.

"걔는 내가 어떻게 하루를 보내는지도 몰라."

하하. 다 비슷하게 사는구나. 실제로 재클린은 매일 바빴다. 하루는 올드무비만 틀어주는 극장에 가야 하고, 또 하루는 박물관이나 전시회에 가야 하고,

또 하루는 시누이인 마이라와 사교 모임에 갔다. 그게 내 눈에는 너무나 화려해 보였다. 우리 할머니도 저랬으면 좋았을 텐데. 할머니도 오늘의 할 일이라는 게 있었을까, 하고 생각했던 나는 뒤통수를 맞은 듯 얼얼했다.

그래. 나도 모른다. 할머니는 할머니가 즐길 수 있는 최선의 하루를 늘 보냈을 것이다. 할머니에게도 나름의 루틴이 있었다. 산책과 스트레칭, 뒷산 배밭 과수원 주인과 담소 나누기, 장날마다 5층 할머니와 나누는 사담, 10층 부부가 운영하는 내과에서 종종 진찰을 받을 겸 사는 얘기도 나누고, 솜씨 좋은 슈퍼 옆 미용실에서 머리를 볶으며 몸에 좋은 영양제도 추천받고. 할머니도 매일 어딘가를 나갔고, 바빴다. 다만 그걸 내가 자세히 듣고 싶었던 적이 없었던 거다. 실은 내 마음 편하자고 할머니의 소란스러움이 눈에 보이길 바랐던 거다. 내 마음대로 안쓰럽게 생각한 할머니의 일상이 다시 보였다. 아, 할머니도 여기서 지냈으면 재클린과 다르지 않았을 거다. 어쩌면 사교 모임을 여기저기 걸쳐서 몇 개나 해내느라 꽤 소란스러웠을지도 모르겠다.

런던에서 가장 부러웠던 건, 사람들이 각자의 힘으로 알아서 일상을 보낼 수 있다는 거였다. 정보를 접할 수 있는 소식 통로가 다양했다. 스마트폰을 쓰지 않아도, 지역 광고지나 커뮤니케이션 센터가 활발히 많은 정보를 알려주었고, 모든 사람이 시스템을 쓸 수 있게 안내했다. 홀로 나온 노약자나 장애인을 쉽게 마주칠 수 있었다. 별 일이 아니었다. 대중교통을 타고 원하는 곳으로 다니는 건 그들에게도 가능한 일이었다. 내가 가능한 일은 그들도 가능했다.

지금 내가 사는 도시엔 저상 버스는커녕 정류장에서 일어서서 행사 풍선마냥 쇼를 하지 않으면 멈추지 않는 버스도 허다하다. 장애인 전용 콜택시를 부르려면 몇 시간에 한 대가 온다. 누군가 걸음이 느려지면, 뒤에 있는 모두가 그를 비켜서 눈총을 준다.

물론 런던이라고 마냥 지상낙원이랴. 거기선 은근한 인종차별과 무지성 캣콜링을 상대하느라 참애를 썼다. 그러나 그들은 일반적인 사람들도 이상하다고 여기는 부류였다. 저마다 다른 모습으로, 자기 삶을 사는 평범한 사람들에겐 눈살 찌푸릴 권리를 감히 가지지 않았다. 거기선 세월과 사고가 조금 덜 두려울 것 같았다. 내가 어떤 일을 겪더라도, 나의 '할 일'이 있는 사회. 쓸데없는 연민을 받는 대신, 사회의 동료로 영원히 살아갈 수 있는 사회. 우리 할머니가 문자를 쓰기 어려워하는 걸, 개인의 죄책감으로 남겨두지 않아도 되는 사회. 할머니가 집에만 머무르는 건 아닐까 발을 동동 구르는 게 최선이었던 나는 그렇게 탓을 또 한다.

말을 하지 그랬어

홈스테이 생활 몇 달 후, 어학원에서 더 가까운 곳으로 이사를 고민했다. 상냥한 재클린은 자신의 절친이자 시누이인 마이라의 집을 추천해 주었다. 마이라의 멘션은 무려 시내와 밀착한 2존에 있었고, 내 방은 지내던 곳보다 두 배는 넓었다. 오스트리아에서 온 아나타, 그리고 마이라까지 여자 셋이서만 이 넓은 집을 쓴다니. 무엇보다 가장 끌렸던 건, 마이라가 나와 같은 아스널 팬이었다는 거다. 나는 아스널 굿즈 머그잔에 담긴 티를 마시며, 마이라의 집을 보러 간 날 바로 이사를 결정했다. 아스널 구장에 직관을 가게 된다면 마이라에게 이것저것 물어보면 되겠다고 생각하며 새로운 영국 생활의 단꿈에 젖었다.

절친 재클린과는 다르게 마이라는 터프하고 거침없는 영혼이었다. 슈퍼 헤비 스모커에 말끝마다 '뻐킹', '블러디'를 붙이는 할머니라니. 그녀는 정식 갬블링도 즐겼고 그와 곁들이는 술도 즐겼다. 남사친은 더 많았다. 처음엔 그 모든 게 재밌었다. 재클린과 살 땐 내 인생 장르가 휴 그랜트가 이끄는 노팅힐처럼 펼쳐질 줄 알았는데, 정신을 차리고 보니 헤비

메탈에 맞춰 머리를 마구 흔드는 하드록 카페의 알바생이 된 기분이었다. 손녀와 손자가 오면 담배와 재떨이를 치워두고, 수줍게 겜블링 잡지를 숨기는 것도 그땐 귀여워 보였다.

하지만 시간이 갈수록 마이라의 TV 소리는 커지고 담배 냄새도 짙어지는 것 같았다. 내 옷에서는 옅게 밴 담배 냄새와 섬유 유연제 냄새가 뒤섞여 묘한 향이 났다. 오묘하게 향긋한 느낌이었지만, 담배 냄새라 생각하면 찝찝했다. 그중 나를 가장 찝찝하게 했던 건 아스널 경기였다. 내가 아스널을 좋아하는 걸 알고 있는 그녀는, 중계가 있는 날이면 나를 불러 거실에서 함께 보았다. 영국에선 중계 채널을 무료로 볼 수 없었기에 그게 퍽 고마웠다. 마침 한국인 선수가 아스널에서 뛰고 있던 시즌이었다. 그러나 정말 미안하게도… 나는 간절히… 그가 투입되지 않기를 바랐다. 그는 존경할 만큼 뛰어난 선수였지만 당시엔 큰 활약을 하지 못했다. 그래서 그가 잠시라도 화면에 잡히면, 그녀는 세상 온갖 뻐킹을 남발했다. 누가 봐도 이겨야 하는 경기라면 정배당에 걸었을 텐데, 그럼 더욱 블러디한 날이 되는 거다.

그때쯤 나는 도망치듯 왔던 런던에서 많은 걸 후

회하고 있었다. 해가 빨리 지는 겨울도 싫고, 금방 떠나는 사람도 싫었다. 마이라의 가래 낀 목소리는 그런 나의 회의감을 더 자극했다. 그래서 나는 마이라가 불편해졌다. 이사를 가야겠다. 그런데 그 말마저 하기가 싫었다. 괜히 뻐킹 코리안이라고 붙잡으면 어쩌나 하는 이상한 상상을 했다. 그래서 부엌에서 대놓고 다른 플랏을 구경하며 떠나겠단 냄새를 풍겼다. 기어코 마이라의 입에서 '너 이사 가고 싶은 거냐'는 말을 하게 만든 거다. 나는 그렇다고 이야기하며, 원하는 시기를 이야기했다. 마이라는 생각보다 덤덤했고, 한편으론 아쉬워하기도 했다. 나는 이제 다 끝났다고 생각했다. 곧바로 다른 집도 구했다.

이사 날이 가까워졌을 때쯤, 마이라는 기념 선물을 건넸다. 영국 사람들은 참 포장지 좋아한단 말이야, 생각하며 퉁명스럽게 땡큐 러블리, 했다. 그녀는 그때도 담배를 들고 있었기에 나는 인상을 찌푸리고 있었다. 마이라는 조심스레 물었다. 혹시 이유를 물어도 되냐고. 나는 당황했다. 그걸 이제야 묻는다? 나는 고민하다 어차피 보지 않을 사이라 생각하고 말했다. 왜 네가 집 안에서 담배를 많이 피우는지 모르겠다. 내 옷에서 냄새가 나는 게 싫었다. 그리고 TV 소리도 너무 크고, 네가 축구를 볼 때마다 욕을 많이 하는 것도 좀 기분이 안 좋았다며 모든 걸 뱉었다. 네 문제가 아니라 내가 그게 불편했다고 덧붙이며. 그런데 마이라가 당황스러운 얼굴을 하고 되물었다.

"왜 진작 말을 안 했어?"

세상에. 마이라는 진작 알려줬다면 자기는 발코니에서 담배를 피웠을 거고, 내가 말했던 것들을 얼마든지 고칠 수 있었다고 했다. 내가 그냥 자기를 싫어하는 줄 알았다며.

사람이 삐뚤어지면 정상적인 사고가 흘러가지 않는 걸까. 아니, 실은 그때까지만 해도 어린아이처럼 툴툴대는 것에 익숙해져 있었다. 불만이 생기면 해결할 생각은 못하고, 그저 내게 내려진 벌처럼 여겼다. 말을 하면 들어준다는 생각을 왜 여태 하지 못하고 살았을까? 내 마음대로 미워하고, 나쁜 사람으로 여기고, 마이라를 나의 불편함을 무시하는 사람으로 만들어 버린 거다.

마이라는 터프하지만, 러프한 사람은 아니었다. 최선을 다해 나의 안녕을 신경 썼다. 크리스마스가 지나고 눅눅한 겨울이 계속되었을 때, 독한 감기에 시달린 적이 있었다. 간호사 출신이었던 마이라는 나의 기침 소리와 미열을 아주 빠르게 알아챈 인물이었다. 마이라는 레몬차 같은 감기약을 한 컵 건네며, 차로 타 먹는 가루약 몇 봉지를 챙겨주었다. 몸살이 올 때마다 그 감기약 덕분에 여러 번을 살아났다. 한국에 돌아와서도 그런 형태의 감기약을 타 먹을 때면 늘 마이라를 생각한다.

짧은 몇 개월이었지만 마이라의 그 말은 나의 삶을 200% 심플하게 만들어 주었다. 만약 점원이 불친절하면, 제가 혹시 기분 나쁘게 한 게 있느냐며 툴툴대는 이유를 물었고, 마음을 알아주지 않는 남자친구에게 입을 삐죽대며 괜한 걸로 트집을 잡는 대신, 어떤 부분이 마음에 걸리는지, 내가 받아들였던 방식과 앞으로 바라는 지점을 정확하게 전달했다. 그런 식으로 심플하게 감정을 전달하는 법을 배워갔다. 내 말을 들어줄 리 없다며 우물쭈물하던 어린 시절의 습관을 제대로 박살 낸 거다. 정말 별거 아닌데. 먼저 상대방을 위한답시고 나 혼자 참고 있단 착각에 빠지지 않기. 불만이 있으면 정식으로 이야기를 꺼내기. 표현할 용기도 없는 마음은 태도로도 드러내지 않기. 나의 마음을 전달하더라도, 받아들이는 건 상대에게 맡기기. 그리고 담배는 꼭 밖에서 나가서 피워달라고 하기.

마이라와는 이사 후에 더 잘 지냈다. 캔디 크러시 게임의 신기록을 세울 때마다 내 SNS로 공유하며 공짜 코인을 얻는 마이라. 게임 좀 줄이라고 하면, 쏘리, 하고선 또 보내는 게 탈이지만. 어쩌면 내가 말했어도 달라지지 않았을 수도 있겠다. 푸하하.

물속의 나이테

머리를 물에 집어넣으라고? 어떻게?

　수영을 할 줄 몰라 처음으로 배우러 갔던 센터였다. 몇 번의 발차기를 하는 것까지는 어정쩡하게 했는데, 다음엔 물속에 머리를 넣고 벽 잡고 발차기를 하라는 거다. 아니 어떻게? 모두 수경을 쓰고 발차기를 하는 동안, 나는 물에 비친 내 얼굴이 물결로 구겨지는 것만 보고 서 있었다. 그제야 알았다. 나 물에 머리를 못 넣는구나. 생각해 보니 그랬다. 세수를 할 때도 귀와 코에 들어가는 물을 신경 쓰느라 한참 헤맨다는 걸. 그렇게 용기 있게 신청했던 수영 강습은 몰랐던 물 공포증만 얻은 채, 삼 일 만에 끝이 났다.

　그리고 몇 년이 흘러 다시 물을 찾았다. 뭐든 잘되지 않던 시기였다. 뭔가 하나라도 해내면 될 것 같았다. 그래서 다시 도전했다. 이번에는 물을 무서워하니 자유 수영으로 머리 넣는 연습부터 천천히 해야지. 그런데 여전히 어려웠다. 그래서 나는 어르신들이 애용하는 [걷기] 라인으로 향했다. 물에서 휘적휘적 걷는 것만으로도 움찔움찔 놀랐다. 미끄러져서 물에 빠지는 상상을 했다가 며칠이 지나니 제법 파워 워킹이 가능했다. 걷기 라인의 대장인 할아버지를 따라 주르륵 여러 어르신들을 거치면 가장 끝에 내가 서 있었다. 어머님들은 나를 '애기'라고 불렀다. 애기가 왜 수영은 안 하고 걷느냐고. 그중엔 이미 접영까지 마스터하신 분들이 태반이었고, 정말 관절과 근육을 위해 걷는 분들이 대부분이었다. 나는 조용히 말했다. 물이 무서워서요⋯. 물과 친해지려고 하는 사람은 나뿐인 건가.

그런데 그때 반가운 얼굴로 한 어머님이 내게 다가왔다. 우리 엄마 또래로 보이는 어머님은 자기도 수영을 못 한다고 말했다. 나는 무서워서 아무것도 못 한다고 이야기했더니, 어머님이 손을 꼭 잡고 "애기는 다 할 수 있어" 했다. 갑작스러운 그 응원이 감동적이었지만 너무나 먼 이야기처럼 들려서, 그 정도로 믿음에 불씨가 당겨지진 않았다. 그런데 얼마 후, 어머님이 라인 끝으로 나를 조용히 불렀다. 그러고는 갑자기 벽을 잡고 발차기를 팡팡하더니 5초 정도 손을 떼고 물에 떠서 발차기를 하시는 거다. 물론 금방 가라앉다가 얼굴을 내밀었지만 놀라웠다. 어떻게 하신 거냐고 묻자, 어머님이 유튜브를 보고 일주일 동안 연습을 했다고 했다.

"나이 든 내가 하는 거 보면, 애기도 좀 자신감 생길 거 아냐!"

아. 나는… 내가 소리 없이 눈물만 뚝뚝 흘리고 있는 줄도 몰랐다. 어머님은 아이구, 하며 웃었다. 나는 뭘 위해 몸을 사리는 걸까. 마음이 울컥했다. 정확히 한 달 후 나도 머리를 담글 수 있게 되었고, 죽어도 되지 않을 것 같은 물에서 뜨기에 성공했다. 어른이 되어서 이뤄낸 것 중 가장 기적 같은 일이었다. 내가 물에 떠 있는 게 아니라, 정확히 표현하면 물이 나를 밀어내는 기분이었다. 내 힘이 필요한 게 아니라 물이 주는 힘을 믿어야 하는 게 수영의 시작이었다. 그 후로 수영장의 모든 것을 사랑했다. 나에게는 구원이었다. 수영장에서 안 좋은 사람들이 보이더라도, 수만 가지의 경우를 상상하며 그들을 이해하려고 했다. 겨우 그런 걸로 나의 동아줄을 태워버릴 수가 없었으니까. 참견하듯 물질 한 번마다 자세를 참견하는 분들의 말도 귀 기울여 듣고, 어떤 게 이상하냐 꼬치꼬치 물어 팁을 얻었다. 그럼 어머님들은 나를 기꺼이 기쁘게 받으며, 구시렁거리는 톤에서 애정 어린 톤으로 바꾸어 나를 더 가르쳐 주었다.

물속에서는 다른 사람이 된 것처럼 즐거워졌다. 이사 후 새로 등록한 수영장에서도 이처럼 행복한 물질은 계속되리라 믿었다.

　그러다, 그 여자를 만났다.

　그녀는 늘 자유 수영 상급 라인에서 항상 몸을 풀고 있었다. 가끔 지나가던 사람들이 호랑이 할머니라고 하는 이야길 들었다. 그녀의 눈 밖에 나지 않아야겠다고 생각하며 조용히 수영을 했다. 그러나 호랑이는 매서웠다. 때가 온 거다. 그녀는 슬슬 나의 뭔가가 거슬렸는지 몇 번의 시선을 보내다 나를 향해 손짓했다. 그러고는 말을 건넸다. "기분 나쁘게 듣지 말아요." 어떤 기분 나쁜 말을 하실까 가슴이 콩닥거렸다. 그러고는 말을 이었다. 남자들이 수영할 때 앞에 막지 말라고. 에엥? 이게 말로만 듣던 수영장 텃세인 건가? 처음 들어보는 수영장 예절에 당황하다 고개를 끄덕였다. 진땀이 났다. 이게 무슨 의미인지 몰랐기 때문이다.

　그날 이후 호랑이 할머니가 최대한 보이지 않을 때 수영을 하기로 했다. 그런데 자꾸만, 겨우 찾은 나의 동아줄을 이렇게 썩힐 수는 없다는 생각이 들었다. 결국 나는 수영장에서 만났던 좋은 어르신들의 기억을 믿고 먼저 다가가기로 했다. 호랑이 할머니에게 나는 성큼성큼 다가가 먼저 인사를 건넸다. "안녕하세요!" 사실 할머니에게 먼저 인사를 건네는 사람이 드물었다. 그래서인지 조금 놀라시면서도 내심 반가웠는지 이야길 시작하셨다. 수영은 좀 늘었느냐고. 나는 열심히 연습 중이라며 근황을 전했다. 그러고는 왜 물속에서 스트레칭만 하시냐며 크게 궁금하지 않았던 것까지 물었다. 호랑이 할머니는 말씀하셨다. "남자들이 수영을 세게 하잖어. 접영하는 사람이 내 갈비뼈를 쳐가지고 부러졌거덩. 늙어서 허리도 안 좋고. 그래서 사람 더 없을 때 살살하고 가는 거여. 조심해."

기분 나쁘게 듣지 않기를 정말 잘했지. 내가 먼저 인사를 건네지 않았다면 계속해서 두려웠을 호랑이 할머니를 생각했다. 그녀가 건넨 말의 의미를 모른 채 하나둘 수영장의 싫은 점만 늘어나는 나를 상상하니 끔찍하다. 가끔 어르신들의 꾸중을 새겨진 나이테 정도로만 여기고, 잘 흘려듣는 내가 한편으론 자랑스럽기도 했다. 진짜 그들의 마음은 깊이 묻지 않고서 예의 바르게 대답만 하면 되는 어른인 척했던 것이 말이다.

물속에도 나이테가 있다. 풍덩 빠지지 않으면 절
대 알 수 없는.

하품

[서울시 속초구! 역세권! 오피스텔 분양!]

　　그렇게 세상 뻔뻔한 전단지는 처음이었다. 너무 당당해서 순간 나도 모르게 혹했다. 속초가 서울이었나? 너무나 낯짝 두꺼운 홍보 멘트에 코웃음 쳤지만, 결국은 그 정도 뻔뻔함은 있어야 살아남는다고 인정하기로 했다. 몇 년이 지나도 나는 그 전단지에 휘둘려 속초는 서울서 가까운 곳이라고 내심 생각하고 있으니까. 이런 식으로 조금만 더 뻔뻔했어도 인생이 절반은 더 쉬웠을 거다. 뻔뻔한 건 거짓말과는 다르다. 가령 중3 때 엄마가 학원 잘 갔다 왔느냐며 평소에는 묻지도 않던 이야길 물었을 때, 솔직하게 말했어야만 했다. 사실은 공연 보고 왔어. 미안. 그러나 나의 쫄보 심장은 뻔뻔함보다 괴씸함을 선택했고, "응, 잘 갔다왔어" 하고 돌아서는 동시에 엄마는 기다렸다는 듯이 회초리를 들었다. 음. 어떻게 알았지.

　　어렸을 땐 이런 식으로 모든 게 진실되어야 한다고 믿어서 완벽하지 않으면 나도 모르게 거짓말을 해버릴 때가 있었다. 살짝 잘못해도 당당하고 뻔뻔하게 나갔다면 차라리 괜찮았을 텐데. 늘 한 톨의 흠을 가리려고 흉한 거적때기를 두르다 탈이 난다. 적당히 뱉고 적당히 조르는 걸 못해서. 에라이, 부족한 만큼 몸을 부풀릴 줄도 알아야 하는데.

    SZA의 새 앨범을 반복해서 듣고 있을 때였다. 'KILL BILL'이 나올 때쯤 앨범 커버를 빤히 바라보았다. 바다를 배경으로 다이빙대에 앉은 SZA. 그건 다이애나 왕세자비가 망망대해를 보며 스프링보드 위에 앉아 많은 것들을 삼키던, 그날의 그 장면을 오마주한 사진이었다. 다이애나의 사진을 몇 번이나 돌려보며 생각했다. 뭘 저렇게 웅크린 채 숨기고 있을까. 바다는 저렇게 넓은데 말이다. 안쓰러움을 느끼던 찰나, 이와 같은 자세로 변기 위에 앉아 있다는 걸 깨닫고 연민을 거뒀다. 해변의 스프링보드 위에 앉은 사람을 변기 위에 앉은 이가 아는 체를 하며, 아픔을 가늠하는 건 실례다. 다이애나도 그건 원치 않는 마음일 것이다.

    그렇게 피식 웃었다가, 풀리지 않는 일들을 떠올리며 조용히 울음을 참는다. 그렇게 몰래 숨죽여 울 땐 꼭 하품이 나온다. 샤워기를 틀어둔 채 차오르는 마음이 멎을 때까지 기다린다. 잠시 후 노래는 꺼버리고 하품에 대해 찾아본다. 하품은 한자로 흠. 하품 흠(欠). 입을 벌린 사람을 본떠 만든 글자라고. 음,

그렇구나. 산소가 부족해서 생기는 신체 반응. 그래서 모자라다는 의미까지 가지게 되었구나. 정말 이제 보니 입을 크게 벌린 사람 같네. 입을 벌리며 나지금 뭔가 모자라다는 신호를 보내는 거라니. 귀엽고, 뻔뻔하다.

나는 뻔뻔하면 안될 것 같았다.

모자라다는 걸 말하는 건, 똑바로 사는 사람이 아닌 것 같았다. 행복하려면 조금 불편한 건 그냥 넘기고, 똑바로 살려면 조금 불행해야만 하는 것 같았다.

똑바로 살고 싶은데 행복도 할 수 있을까.

시작에 사랑이 있다면, 사랑을 먼저 챙기면 그럴 수 있대.

'그게 싫어서'가 아니라

'이걸 사랑해서'라는 마음으로 움직이면 된다고.

물론 뭘 미워할 시간도 없었지만, 내가 사랑하고픈 것들을 위해, 밥도 먹고 글도 쓰고 잠도 잤다. 친구들을 붙잡고 정신이 쏙 빠지게 재잘도 거렸다. 넌 나쁘고 난 옳지. 고단하니 그런 생각은 대개 사랑에 밀렸다.

그래. 뻔뻔하다는 건 내가 사랑하는 걸 위해 모자란 구석을 소리칠 수 있다는 거다.

내 소망이 누굴 아프게 할 리도 없는데, 왜 망설였을까.

하품을 쩍 하는 것도 산소가 필요하다는 거지, 당신이 지루하다거나, 잘못이 있다거나, 미워서가 아니잖아.

그래. 어릴 땐 으아앙 입을 벌리고 울기도 했는데. 다 큰 어른은 어디서 으아앙 울 수 있는 건가. 그럴 수 없으니까 하품하는 척이라도 해야 하는 건가. 아니지, 그냥 뻔뻔하게 으아앙 울면 어때. 내가 사랑하는 사람들이 그렇게 굴면 나는 귀엽게 바라보고 달래줄 것이다. 귀여운 뻔뻔함. 나를 살게 하는 뻔뻔함. 나도 살게 하는 뻔뻔함. 나를 오히려 무장 해제시키는 솔직한 것들에 대해 생각한다. 모자란 것을 당당하게 드러내는 사람들. 내가 유독 좋아하는 사람들의 걱정 없는 모습들을.

뻔뻔한 내 친구 최보슬은 미용실에서 늘 당당하게 원하는 연예인의 이름을 거침없이 댄다. 목소리도 크고 발음도 정확한 그 아이는 "윤승아 머리요!" 하고 소리치고도 부끄러운 것 없이 헤실대며 웃는

다. 몇 시간 뒤 거울 속에 윤승아가 탄생할 거라 믿어 의심치 않는 그 설레는 얼굴이 나는 좋다.

또 뻔뻔한 내 친구 김기현은 중학교 때 울산 시내에서 일진 언니들을 만나 돈을 빼앗겼다. 그런데 자기가 주는 거라고 생각했던 기현이는 집에 갈 버스비를 거슬러 달라고 했다. 일진 언니들은 잔돈을 바꿔주는 슈퍼가 아니기에 그녀를 무시하고 떠났다. 계속해서 버스비만 달라고 외쳤지만 언니들은 사라졌다. 나라면 찍소리도 못하고 돈을 주었을 것 같은데. 네가 누군지는 모르겠고, 나는 버스를 타고 집에 가야 한다고요, 하는 기현이가 좋다.

뻔뻔함과는 거리가 멀어 보이는 내 친구 이슬비는 체구도, 목소리도 작다. 그런 아이가 공원 한가운데서 태권도 품새 심사를 보았단다. 다 같이 동작을 펼치던 유치부-초등부 사이, 중학생은 오로지 슬비뿐이었다. 모두가 보는 대공원에서 품새 심사라니. 도대체 중학교 때 태권도는 왜 배웠으며, 왜 그걸 아무렇지도 않게 이야기하는 건지. 발차기도 못 할 것 같은 조그만 슬비의 뻔뻔함이 좋다.

나의 뻔뻔함은… 차근차근 생각해 봐야겠다.

오, 해

"그건 오해다. 사랑받으려고 일부러 뚫는 상처가 어디 있어."

　나는 종종 이런 식으로 너를 나무랐다. 그래, 창작자에겐 그늘이 필요하지. 그렇지만 너는 그 이상으로 갈증을 느꼈으니까. 예술을 하려면 지금쯤 고장이 나야 한다더라, 대가들은 대단한 고통을 앓았다더라, 하며 어디서 개고생 포트폴리오를 모아 와선 말이다. 정말 그늘 없는 사람도 아니면서 뭘 그렇게 상처에 목말라하는지. 1을 겪고도 10처럼 아파하는 사람이 지천으로 널렸는데, 그런 뻔뻔함이 없는 너는 정직하게 삶의 굴곡을 기다렸다. 이미 너무 많은 굴곡을 지나고도 그게 힘든 건지를 몰라서, 혹은 과거의 조각을 들이밀기엔, 조금이라도 웃었던 시간을 배신할 수 없다는 듯이 말이다. 애초에 제대로 아플 줄 모르는 사람은 어떡해? 그 말에 너는 나를 가리키며 웃었다. 아닌데, 그건 너 오효정이지.

　드라마 촬영이 시작되면 얼굴 볼 새 없이 바빠지는 너였지만, 안 되겠다 싶을 땐 먼 지방 촬영지에서도 전화로 SOS를 쳤다. 나는 뜨스운 방구석에 앉아 [오효정] 이름이 뜬 핸드폰을 바라보고 웃는다. 오감독 뭔 일이서? 죄다 박살 내주겠다는 듯이 건방을 떨고, 구조 신호에 실컷 화를 내며 박살 낸 조각을 야금야금 먹어준다. 너는 그제야 가벼워졌다는 듯 종알거리다 이내 본심을 고백한다. "나 지금 힘들어도 되는 거지? 이상한 거 맞지?" 아니, 이 바보 같은 자식아. 이마를 탁탁 치며 분개하면 아이처럼 웃어버렸다. 다 털어냈으니 그걸로 됐다는 듯이. 그렇게 이미 미워했을 인연도 다시 잘 품는 너였다. 조금도 눈치챌 수 없게 죄다 소중히 대했다. 너의 그런 게 좋았다. 미워하는 일이 얼마나 의미 없는지 당부를 들어주어서 좋았고, 대신 내게 미워할 수 있는 자격을 주는 것도 좋았다. 그래, 난 그거 하나는 자신이 있거든. 그깟 걸로 그늘 지기엔 어차피 넌 너무 강했어. 오효정. 이름 석 자에 죄다 동글동글한 바퀴가 달려서 그런가. 멈추는 법 없이 우당탕 잘도 달렸다. 그게 문제였나. 개뿔. 세상이 억까만 하는데 주인공이 뭔 수로 버텨요.

굳이 문제를 찾자면, 우린 큰 꿈에 비해 너무나 자주, 어처구니없이 쉽게 행복해졌다는 거다. 이래서는 성공하기 글렀다고 몸서리쳐도 소박한 그 시간이 너무 좋았다. 습관처럼 쓰면서 자란 나를, 습관처

럼 담아낼 이야길 구상하는 너를, 서로를 신기하게
여겼다. 틈이 나면 서로가 있는 곳으로 찾아가 무작
정 할 일을 펴고 미래를 쏟아내는 척 쓸데없이 얼쩡
댔다. 옷깃에 커피를 흘려도, 지갑을 까먹어도, 세수
를 깜빡해도 괜찮았다. 어차피 너도 그랬다. 그게 사
는 길에 위안이 되었다. 분명히 일하다 만난 사이인
데. 작가님, 피디님 하던 호칭은 갖다버렸다가 주웠
다가, 야, 너 하다가 결국은 나오는 대로 지껄여도
아무 상관 없는 사이가 되었다. 둘이서 만난 날은 놀
이터 흙먼지를 뒤집어쓴 기분이었다. 주머니를 뒤
집어 털면 다듬어지지 않은 돌멩이와 모래가 우수
수 떨어지던 시절에 만난 것처럼. 늘 가깝지 않아도,
언제든 가까웠다. 그 이유를 알았을 땐 너도 나도 조
금 슬픈 표정을 지었다가 허공을 보았다. 무던해지
기 위해 노력해야 했던 아이는 많은 것에 무덤덤해
진다. 그런 노력을 지나온 사람들은 정확하게 서로
를 알아챈다. 부러 씩씩한 사람이었던 모습이 정말
내 것이 되었는데도 지우지 못하는 냄새가 있거든.
우리는 서로의 냄새를 금방 눈치챘다. 관계에 기대
지 않는 게 익숙한 나를, 서운함에도 자격이 있나 따
지는 너를.

입도 짧은 주제에, 밥 먹기 전이면 어묵 꼬치를 먹어야겠다며 꼭 아이처럼 떼를 썼다. 저거 한 개만 먹어도 밥 먹기는 글렀겠다 싶어 말려도 소용이 없다. 너는 추억이 반찬인 듯 유독 강했다. 그날따라 나는 구불구불한 어묵을 씹는 너를 남겨주기로 한다. 새벽 시장에 엄마를 따라가던 어린 너를 생각한다. 잊히지 않을 그 공기와 시간을. 꼬치를 들고 서서 주변을 둘러보던 너의 이야기. 엄마가 옷 가게를 하던 시절의 작은 기억들. 씩씩하게 베어 물고 털옷에 흘린 국물을 터는 너를. 그런 너의 어린 시절 이야기가 좋았다. 너도 내가 들려주는 어린 시절을 좋아했다. 우리가 유독 씩씩한 아이들의 이야기를 담고 싶었던 것도 다 같은 이유였다.

그중 너는 나의 첫 단막극 이야기를 참 좋아했다. 조약돌만 한 동자승의 이야기, 〈신 받드는 조약돌〉이란 작품이었다. 특히 제목을 너무나 좋아했다. 빨리 그 작품이 세상에 나오게 되길 빌었다. 정말 다른 이유는 없었다. 네가 기다렸기 때문이다. 우리는 둘 다 절에 가는 걸 좋아했는데, 너는 힘들 때마다 종종 어머니가 계시는 사찰에서 조용히 며칠 머물다 왔다. 그때마다 한 발 더 들어가 이야기를 물으려다

곧장 나오곤 했다. 그때 조금 더 들어갔다면 좋았을까? 아니. 너는 그냥 웃고 지내는 걸 원했을 거다. 애써 단단하게 꽁꽁 묶어둔 마음이었을 테니까.

그렇다고 마냥 웃고 떠들기만 한 건 아니다. 우리는 구김 없이 구겨진 낯을 꺼내기도 했다. 남에게 내 이야기를 하는 대신 체면 차리기 바빴던 나에게, 네가 펼치는 그늘은 정말 튼튼했다. 수시로 꿈이 솟아났던 너는 이것저것 만들 생각이 들면 사랑하는 사람들을 찾았다. 다들 좋은 말을 건넸을 텐데 나는 당장 내일이라도 세상에 내보일 것처럼 이래라저래라 깎을 궁리만 보탰다. 내 마음을 있는 그대로 곧게 받아줄 걸 알아서 그랬다. 그럼 너는 정말로 내 마음을 정성껏 반영한 수정본을 보냈다. 그렇게 주고받은 이야기가 친구된 지 몇 년 새에 한가득이었다. 그런데 하필 네가 준 마지막 수정본에 내 이름이 적힌 글이 추가되어 있었다는 걸, 그건 내가 유일하게 읽지 못한 너의 이야기였다. 되려 나를 걱정하는 말과 함께 조심스레 건넨 파일은 눌러지지도 않은 채 있었다. 이따 보겠다 했겠지. 너는 내 대답을 기다렸을까. 그 이야기를 담은 책이 나온 후, 그 책을 종일 쓰다듬었다. 서운함을 숨기는 네가 보여서.

유난히 지독했던 지난여름. 저물 듯 저물지 않는 태양이 계속되었고, 그런 더위를 죄인 취급하며 내내 눈을 흘겼다. 효정이가 떠난 건, 그 여름이 시작되던 유월이었다. 항암치료를 하면서도 씩씩하게 버티던 계절들이 선명한데, 그건 가산점으로 쳐주지도 않는 건지 훌쩍 데려가 버렸다. 효정이는 떠나기 일주일 전, 나에게 장문의 작별 인사를 남겼다. 나는 야속한 마음에 계속 붙잡으며 사랑한다고 떼를 썼다. 그게 마지막 대화가 아닐 거라 믿으며, 잘 가라는 말은 배운 적 없는 모자란 사람처럼.

　효정이를 사랑하는 많은 사람들이 모였다. 비닐 덮인 테이블에 둘러앉아 우리는 각자 사랑했던 시간을 나눠 가지며 웃었다. 가장 반짝거리는 걸로 꺼내서 신나게 설명하고 나면, 금세 정적이 테이블을 덮었고 그 위로는 티슈가 쌓였다. 이 여름이 효정이를 삼키기라도 한 것처럼, 알 수 없는 것들에 화가 났다. 마음의 준비를 했는데도 정신이 차려지지 않았다. 효정이가 떠나고 지독한 더위를 보란 듯이 끌어안고 매일 끈적한 죄책감에 젖어 살았다. 아무리 헤엄쳐도, 씻어도 개운해지지 않았다.

　한번은 항암치료 도중, 효정이가 강아지를 키우

고 싶은데 자신이 자격이 되는 거냐 물어왔다. 무조건 그러라고 했다. 효정이가 묻는 대부분의 일은 근사했기에, 늘 얼른 해! 하고 떠밀었다. 효정이는 뭐든 해냈으니까. 게다가 식구가 하나 더 생기는 일이라니. 효정이가 하나라도 더 사랑하는 게 생기면, 또 다른 생이 그를 붙잡아 줄 것 같아서 당연히 큰 응원을 보냈다. 함께 돌보는 가족들에게도 힘이 될 거라 자신했다. 그 말처럼 태양이는 내가 본 강아지 중에 제일 씩씩했다. 제법 자라서는 몽실몽실 털로 덩치를 키워 제 주인만 해진 게 너무 웃겼다. 활기 넘치는 태양이와 더불어 효정이는 정말로 나아지고 있었다. 그 조금의 에너지를 모아뒀다가 사랑하는 사람들을 만나고 재잘거리는 아이였다. 오태양. 오효정의 해.

지금 태양이는 효정이와 함께 살던 친구 곁에서 행복한 견생을 보내고 있다. 끝까지 효정이를 지켜 준 친구였기에 힘을 보태고 싶었다. 산책을 할까요. 밥을 먹을까요. 그러다 늘 계획은 고꾸라졌다. 나 같은 게 가서 청승을 떠는 건 아닐까, 산책 한 번으로 죄책감을 더는 건 아닐까, 겁이 나서. 오효정이 꿈에 나와서 그냥 해! 외쳐주면 마음이 달라지려나.

여전히 혀뿌리 근처도 오르지 못하고 가슴으로 추락해 버린 생각들이 가득하다. 쿵. 쿵. 떨어지는 소리가 싫어서 낙하산에 묶어 멀리 날려 보내고 싶다. 그런데 어떻게 너에게 하고 싶은 말을 떠나보낼 수가 있어. 죄다 가슴에 가라앉혀 두었다가 네가 꿈에 나오면 먼지를 일으키듯 툭툭 건드릴 거다.

너는 이름 세 글자를 꼭 알리고 싶어 했다. 오효정. 나는 영원히 그 이름을 계속 부를 거라 약속했다. 그러려면 써야 한다. 그렇게 긴 글을 쓰고 긴 잠을 잤다가, 걱정을 보태기 싫어서 계속 뜀박질을 했다. 진짜 보고 싶은 날에는 어떻게 하면 좋을까. 고민하는 나를 보고 있는 듯 '슬퍼하지 마! 날 위한 건 하나도 없잖아, 뭐 하는 거야!' 핀잔 주는 목소리가 들린다. 그래놓고 이런 나를 너무 잘 안다는 듯이 눈가에 훅 빛을 끼얹어 정신을 차리게 한다. 이런 식으로 오래오래 괴롭힐 거라고, 또 착한 말을 하면서.

볕으로만 다니라는 듯, 나와 우리를 영영 비추는 해처럼 말이다.

친구가 될 확률

유치원 다니던 시절, 부모님이 돌아가며 매일 간단한 간식을 준비해야 했다. 수업을 하던 중 똑똑 소리가 들리면, 우리는 기대에 찬 눈빛으로 앞문을 바라보았다. 간식을 든 누군가의 부모님이 빼꼼하고 고개를 내밀면 모두가 까치발로 그들이 쥔 것을 바라보았다. 오늘은 무슨 간식일까. 혜지네 엄마가 직접 싸준 김밥이었으면 좋겠다. 기대를 하면서 말이다.

우리 할머니가 들고 오는 간식은 늘 딸기 맛 요플레였다. 처음엔 엄마가 초코파이와 요플레를 함께 보냈지만, 선생님께서 아이들 간식으로는 양이 많다며 하나만 원했기 때문이다. 그 소식을 인수인계 받은 할머니의 선택은 요플레였다. 보람반 전비기가 간식을 준비하는 날은 아이들도 자연스레 요플레를 먹는 날이라고 알 정도였다.

슬기반의 마스코트 슬기는 새침데기 같은 아이였다. 슬기반의 슬기라니 얼마나 자랑스럽겠는가. 보람반과 슬기반 사이의 묘한 신경전이었는지는 기억나지 않지만, 슬기는 늘 우리의 눈에 띄었다. 그날은 슬기 어머니가 준비한 간식을 먹는 날이었다. 메뉴는 크라운산도. 두 개씩 들어간 한 봉지가 한 사람의 몫이었다. 싸울 필요도 없을 것 같은 메뉴인데

도 아이들은 달려들었다. 어차피 다 같은 건데 왜 그
러지? 아뿔싸. 초코와 딸기 맛 두 가지 중 하나를 골
라야 했다. 그렇다면 당연히 초코지. 나는 몸을 날려
초코 맛을 집었다. 몇 명의 아이들이 꽉 쥔 내 손등
을 스쳐갔지만, 마지막 초코 맛 크라운산도는 내 몫
이 되었다. 그렇게 자리로 당당히 돌아가 앉는데.

"그거 내 거거든? 주가!"

고개를 들어보니 슬기였다. 너희 어머니가 준비
한 간식은 맞는데, 이게 네 초코라니? 그게 무슨 말
이지. 슬기반의 횡포인가? 사연인즉 이랬다. 슬기
는 자신이 먼저 초코 맛 봉지 귀퉁이를 잡고 있었는
데, 내가 와서 확! 채갔단다. 어이가 없었다. 손가락
본 적도 없는데! 내가 집었으니까 내 거다! 하곤 눈
을 흘겼다. 그러자 슬기는 눈 하나 깜짝 않고, 자신
의 논리를 펼쳤다.

"니는 맨날 딸기 요플레 사오잖아. 그러니까 딸기
맛 해야지!"

이럴 수가. 일곱 살 기준 슬기의 논리는 너무나 정확했고 날카로웠다. 맞아. 난 딸기 맛 사오니까 내가 딸기 먹어야 하나 봐. 요플레는 왜 초코 맛이 없는 건지. 내가 먼저 집었다 한들 난 자격이 없어. 나는 흔들렸다. 하지만 내 식탐과 오기는 더 강했다. 그럼 어떡하려고? 그래. 나누자.

나는 봉지를 쭉 뜯어 두 개 중 하나를 내밀었다. "니 마음만 초코가? 내 마음도 초코거든?" 더 유치한 반박을 하며 말이다. 결국 우리는 평화롭게 딸기와 초코를 하나씩 나눠 먹은 아이들이 되었고, 슬기 반 아이들과 보람반 아이들은 자연스레 친구가 되었다. 그렇게 말도 안 되는 일로 미웠다가, 한두 마디 나누면 당연히 친구가 되는 시절이었다.

"하우 롱 해브 유 빈 스테이 인 런던?"

이십 대 초중반 낯선 나라에서 일 년간 머무르던 어학연수. 내가 만나는 사람마다 꼭 묻는 질문이었다. 마치 신분증 검사를 하듯, 체류 기간을 묻다니. 얼마나 황당할까. 그렇지만 낯선 곳에서 머무른다는 건, 의식주가 필요함과 동시에 친구라고 부를 만한 이가 꽤 필요했다. 그래서 이 말에 돌아오는 답으로 그 친구와 연을 맺을지 말지를 정했다. 처음부터 이런 건 아니었다. 같이 홈스테이를 하던 앞방의 재스민은 내 최고의 친구였다. 재스민은 영어를 잘했고, 그녀는 나의 짧은 영어를 모두 들어주는 천사였다. 세상에서 제일 예쁜 재스민이 다시 브라질로 돌아가고 난 후부터, 슬슬 친구를 사귀는 게 무서웠다. 서로의 시간과는 상관없이 연은 이어지는 건데도, 마음이 클수록 나에게는 밑지는 장사 같았다. 친구들은 길게는 서너 달, 짧게는 서너 주만 머물다 가기도 했다. 보통 영국과 가까운 나라에 사는 친구들이었지만 그래도 아쉬웠다. 그래서 계산을 하기 시작했다. 쟤랑 친구가 될 수 있을까? 마냥 남은 사람이 되기 싫었던 거다. 관계에 셈을 하기 시작하면 모든 게 배로 피곤해지는데도. 갈수록 친구를 사귈 만한 조건이 까다로워지니 자연스레 외로워졌다.

그런데 가장 마음 편하게 친해진 인연은 베네치아 가는 야간 열차를 타고 만난 한 남매였다. 그들은 내가 지난밤 쇼미더머니 출전 후 스윙스를 견제한 꿈조차 좋아했다. 나의 얘기가 재미있다며 계속 다음을 기다렸다. 오랜만에 모국어로 펼치는 나의 말

재간을 알아주다니. 신이 났다. 우리는 금방 절친이 되어 베네치아를 여행했다. 그 여행에서만 이어지는 인연이면 뭐 어떤가 싶었다. 순간에 서로에게 필요한 존재가 되었다는 게 중요한데. 뭐 하러 미래를 계산했을까 싶었다.

　얼마 전 동네에서 동화책을 만드는 미술 학원을 다니기 시작했다. 크게 커리큘럼이 있는 곳이 아니라서, 나 말고는 대부분 아이들이었다. 일곱 살, 여덟 살 하는 친구들이 어른의 그림이 궁금했는지 슬쩍 기웃대며 말을 거는 게 정말 사랑스러웠다. 그렇게 몇 번 오가더니 아이들은 자기가 만든 동화책 내용과 좋아했던 오빠의 이름, 같이 다니는 태권도 학원은 어디인지까지 모두 들려주었다. 처음 본 날인데 벌써 친구가 됐다는 내 말에, 그중 한 아이가 말했다. 나를 처음 보는 게 아니라고. 내가 미술 학원을 오가는 걸 지나가면서 몇 번이나 봤단다. 나는 그냥 아이들 중 하나로 인식하고 지나갔지만, 아이들은 나를 같은 미술학원에 다니는 사람으로 받아들이고 친구 될 준비를 마친 거였다.

　우린 모두 긴 항해 중이고, 저마다의 박자로 어떤

가를 향해 돛을 올렸다 내린다. 다만 친구를 사귈 때의 마음에는 정확한 목적이 없다. 좋은 바람이 부는 방향으로, 그대로 따르는 거다. 그런 용기가 결국은 난파선이 되는 서로를 도와주는 거겠지. 계산이 허무한 바다였다.

솔

하나, 솔:

　엄마의 엄마, 의령 할머니, 영순 여사님은 평생을 흙 위에서 일하고, 흙에서 나는 것으로 자식들을 먹여 살렸다. 엄마의 고향 동네인 의령으로 향하는 길은 언제나 냄새와 소리로 알 수 있었다. 나무와 흙냄새, 시냇물과 작은 짐승들의 지저귀는 소리. 가로등도 많지 않은 동네라 어두운 밤이라면 눈을 감고 있는 편이 차라리 더 가늠하기 쉬웠다. 그런 의령 할머니가 주로 피우던 담배는 솔이었다. <솔>. 정직한 한 글자가 가운데 떡하니 적혀 있고, 그 위엔 쭉 뻗은 소나무 두 그루가 풍성한 이파리를 자랑하며 서 있는 디자인이었다. 그러나 나에게 <솔> 담배 하면, 늘 구부러진 소나무가 떠올랐다. 그도 그럴 것이 의령 할머니는 늘 밭일을 하느라 바빴기에, 바지춤 어딘가에 담배를 구겨 넣었다 빼곤 했다. 앉았다 일어서는 대로 마구 구겨졌던 솔의 포장지에 그려진 소나무는 늘 구부러져 보일 수밖에. 나는 그게 왠지 멋있어 보였다.

　내게 담배 피우는 여자는 의령 할머니가 처음이었기에, <솔>은 더욱 흥미로웠다. 왜 하필 이걸 피우시는 걸까? 그래, 할머니는 흙과 풀을 만지는 사람이니까 나무가 좋은 거겠지.

슈퍼도 멀리 있는 시골 동네라 간식거리를 찾아온 집을 뒤지던 어느 날, 옥상 지붕으로 혼자 올라섰다. 거기에 과자가 있을 리가 없는데 말이다. 그런데 그곳엔 할머니가 말려둔 고구마 말랭이가 가득했다. 아싸. 아침 햇살에 달궈진 기왓장 지붕에 비스듬히 누워 고구마 말랭이를 집어 먹었다. 코는 시렵지만 등은 뜨끈하고 입은 달다. 시골 하늘은 정말 맑아. 새소리도 참 좋아. 혼자 즐기는 풍경에 푹 빠져 있던 사이, 고구마 말랭이를 더듬거리던 손끝에 낯선 무언가 걸리는 게 느껴졌다. 몸을 일으켜서 보니, 소쿠리 옆에 놓인 구겨진 <솔> 반 갑이었다. 어른들도 없으니 담배를 실컷 구경해 볼까나. 담배를 들어 이리저리 살피며 상상했다. 할머니는 고구마를 말려두고 여기서 담배를 한 대 태우는 건가. 담배를 피울 때 할머니는 하늘을 바라보았을까, 먼 산을 보았을까, 고구마를 보았을까, 마당을 보았을까.

여긴 엄마가 나고 자란 시골집이었다. 가족들이 하나둘 떠나고 사랑방 같은 별채도 텅 비고, 소여물 먹이던 곳도 창고가 되었다. 저 마당 구석엔 어린 시절 엄마가 아끼던 백구가 있었댔다. 끔뻑끔뻑 예쁜 눈으로 엄마를 바라보던 사랑스러운 강아지는, 어느 날 그냥 무지막지하게 팔려가 버렸단다. 엄마는 그 충격이 아직도 생생한지, 강아지는 절대 키우지 않을 거라고 했다.

엄마가 들려주는 이야기 속 의령 할머니는 참 억센 사람이었다. 곧고, 강하다는 말로는 부족할 정도로 조금은 따가웠다. 엄마는 할머니가 너무 무섭고 엄한 사람이라 힘들었다는 이야기를 종종 했다. 그런데 나와 단둘이 있던 의령 할머니가 고백처럼 엄마 이야기를 한 적이 있다. 내 말을 제일 잘 듣고, 제일 야무지고, 뭐든 잘하는 게 엄마라고. 그래서 미안하다고. 그 고백은 담배 연기 뱉듯 자연스러웠지만, 곧장 사라질 말처럼 보였다. 왜 어른들은 직접 말하지 않는 걸까. 나는 그 말을 전하지 않았다. 엄마는 영순 할머니를 미워했다가 사랑하느라 종종 괴로워했다. 김치 고구마죽이 먹기 싫어서 떼쓰던 어린 엄마는, 사랑을 나눠 줄 사람이 너무 많았다.

둘, 소리:

일곱 남매 중 둘째인 엄마와 첫째 이모는 다섯 살

차이가 난다. 당시 군대는 5년. 첫째 이모가 태어난 후, 외할아버지가 입대를 한 게 터울의 이유다. 엄마의 이름엔, 셋째는 꼭 아들이길 바라는 소망이 들어가 있다. 그러나 셋째 역시 딸이었다. 딸, 딸, 딸. 셋째 이모는 본명 대신 '꼭지'라고 불렸다. 다음에는 꼬치를 낳아야 한다는 바람이 담긴 거란다. 그리고 다음에 다행히 외삼촌이 태어나 멀쩡하고 멋진 이름을 얻게 되었다. 그러나 하나로는 부족해서, 넷째 이모가 태어나서도 아들을 기원하는 애칭으로 이름 대신 불렸다. 다행히 넷째 이모 아래로 막내 이모와 막내 외삼촌이 태어나 꼬치 열망은 막을 내렸다. 터울에는 사연이 있고, 사연에는 이름이 있고, 소리 내어 부르던 이름에는 소망이 있다는 게 흥미로웠지만 그 속에 본인들의 안녕은 전혀 없어 엄마와 이모들은 늘 씁쓸했을 거다. 그래도 매번 이름을 붙인다는 건 애정 아닐까. 이모들 잘 들어봐. 1, 2, 3, 4도 아니고, 일순이 이순이 삼순이도 아니잖아. 태어난 시기의 의미를 담았잖아. 고대 로마에서는 전쟁이 주로 봄에 일어나서, 3월을 전쟁의 신 '마르스'에서 따온 '마치'로 부르게 된 거래. 겨울이랑 싸워서 봄을 가져온다! 이모들 이름도 아들을 가져오는 이름이었네! 하면 등짝을 맞을 거다. 물론 의령 할머니가 마르스인지 모르스인지 알 리도 없고.

그들이 고향 집에 모두 모이는 날이면, 휑했던 시골집이 북적였다. 반들반들한 광대, 선한 눈, 두툼한 입술. 엄마와 똑 닮은 형제들이 둘러앉은 곳에선 늘 큰 소리가 났다. 크게 웃었다가, 성을 냈다가, 우는 듯하다 다시 크게 웃었다. 넓은 마당에 탁주와 안주를 둔 평상 하나로는 궁둥이 둘 곳이 모자라 툇마루와 마당 여기저기 앉아 참견을 했다. 그 작은 동선을 오가는 동안 서로의 신발은 수시로 바뀌었다. 꽃분홍색 목욕탕 슬리퍼를 신고 나왔던 이모는, 부엌 가는 길엔 털 붙은 고무신을 신었다가, 마당의 대문을 닫을 때는 어느새 구겨진 내 운동화를 신고 있었다. 일곱 남매라는 건 그랬다. 사람이 많다는 건 아무렇지 않아야 하는 일이 많은 것. 내가 하는 말을 듣는 사람이 여섯일 수도, 아무도 안 듣는 사람이 여섯일 수도 있다는 거. 누구 하나 웃지 않는 건 티도 안 날 만큼 왁자지껄 정신없었다. 하지만 아니었다. 웃음소리가 하나 비는 건, 아무렇지 않을 수 없었다.

셋, 솔이 이모:

엄마에게는 언니가 하나, 동생이 다섯 있었다. 이
모들 중 막내였던 솔이 이모는 의령 할머니와 함께
살았다. 이모는 우리와 나이가 크게 차이 나지 않을
정도로 엄마와 나이 차이가 컸고, 많이 어렸다. 내
기억의 시작부터 이모는 늘 아팠다. 이모가 고향 집
에서 자주 앉아 있던 곳은 방문 앞 툇마루였다. 몸을
일으켜서 그 자리로 나와 형제들과 이야기할 수 있
는 최선의 동선. 솔이 이모는 농담에 뒤섞일 때면 몸
을 일으켜 가장 어린아이 같은 웃음소리를 내곤 했
다. 이모들은 자매라서 하나같이 목소리가 비슷했
는데, 나는 솔이 이모의 목소리로 엄마의 젊은 시절
목소리를 가늠하곤 했다.

어린 이모는 뇌종양이었고, 수술 중 신경을 잘못
건드린 이후 합병증에 시달렸다. 수시로 열이 절절
끓었고, 온몸이 터질 듯 부어 살갗이 쩍쩍 갈라졌다.
감정도 널뛰었다. 늘 어디론가 곤두박질치는 마음
은 붙잡을 수 없었고, 터지는 식욕과 충동은 이모를
매일 괴롭혔다. 본인의 의지대로 되지 않았다. 휘적
들어간 칼날은 그렇게 이모의 많은 인간다움을 가

져가 버렸다. 인간다움. 그걸 잃어가는 걸 우리는 모두 지켜보았다. 물놀이도 가능했던 마을 냇가가 조금씩 말라가듯, 식구들 모두 놀고 웃던 마음이 바짝 말라갔다. 이모의 아프다는 울음에 아무것도 할 수가 없어서. 의령 할머니 역시 당신 건강보다 솔이 이모의 앓는 소리가 가장 큰 시름이었다. 해줄 수 있는 게 없어 소리를 치고 다그쳤다.

그러고 나면, 의령 할머니는 재떨이를 찾는다. 툇마루 유리창에 앉아 먼 산을 보며, <솔> 한 개비를 꺼낸다. 볕에 그을린 의령 할머니의 손등 안으로 연기가 피어오르기 시작하면, 그 순간은 할머니 댁이 조용했다. 할머니는 자식 일곱은 거뜬히 이겨먹을 만큼 목소리가 크고 당당한 사람이었는데, 담배를 피울 때면 모든 게 삼켜지는 듯 차분해지셨다. 담배에 붙은 연기는 구부러진 소나무처럼 굽은 할머니의 등 뒤로 이리저리 너울졌다. 먼 산을 보고 있지만, 보지 않았다. 원망할 대상이 없어 허공을 떠도는 눈빛. 비어버린 눈빛. 속으로는 내내 자신을 노려보고 있었겠지.

의령 할머니 혼자 감당할 수 없었다. 결국 엄마와 이모들은 막내 여동생을 사정이 되는 만큼 돌아가며 품었다. 그땐 아픈 정신이라는 건 달래면 나아질 거라 믿었다. 과일 가게를 하던 넷째 이모는 솔이 이모가 몰래 과일을 훔쳐 먹고 충동을 참지 못하자 울분을 터트리며 싸웠다. 이겨낼 수 없는 일에 당사자와 모두가 슬퍼했다. 내 동생이. 내 이모가. 우리 언니가. 할퀴며 싸워도 답을 몰랐다.

그러다 어느 날부터 이모는 우리 집에 머물게 되었다. 시어머니를 모시면서도 아픈 동생을 데려와야 했던 엄마, 그를 이해하고 도와주던 아빠. 도저히 사랑 말고는 설명하기 힘든 일이었다. 언니와 나는 그저 좋았다. 언니와 나는 성정이 예민해서 좋은 어른에게만 곁을 내주는 편이었는데, 그중 하나가 솔이 이모였으니까. 하지만 그 이상으로 솔이 이모는 우리를 더 사랑해 주었다. 조카라는 이유로 그렇게 다정할 수 있을까. 감을 싫어하는 나에게 감 씨를 또각 반쪽을 내어 하얀 숟가락을 보여주었다. 나는 이모가 정확히 반을 가르는 게 대단해 보였고, 감을 먹는 재미가 생겼다. 하얀 숟가락을 보여주던 이모의 웃음, 하얀 앞니, 반짝이는 눈. 그 모든 게 좋았다. 게다가 이모는 엄마와 아빠에겐 없는 로망이 있었다. 동화에서나 나올 법한 크리스마스 카드를 직접 써주는 어른이었다. 먹을 걸 좋아하는 언니를 몰래 데리고 나와 과자를 사주기도 하고, 둘만의 비밀을 만들기도 했다. 어린 자매에겐 즐거움이었다.

우리에겐 비밀 요정 같은 솔이 이모였지만, 중간중간 아픔과 시름에 허덕이는 풍경이 드리워지면, 엄마와 아빠는 우리를 멀찍이 떨어트리고 일을 해결했다. 이모는 수술 후 충동적인 성향이 식욕 말고도 도벽으로 드러나 골머리를 앓고 있었다. 우리 동네에서도 몇 번이나 사고를 쳐 아빠와 엄마가 대신 사과를 하러 다녔다. 아빠는 솔이 이모를 어린 동생 달래듯 이야기를 들어주었다. 이모는 괴로워했다. 물건을 훔칠 때의 이모는, 이모가 아니었다.

예전엔 이모가 아프지 않았어. 엄마는 앨범에 있는 사진을 꺼내어 솔이 이모의 과거를 보여주었다. 지금과 너무 다른 이모의 모습에 나는 놀랐다. 생글생글 소녀의 얼굴을 한 이모를. 나는 이모가 늘 과거의 자신을 기다리는 것 같았다. 물론 솔이 이모의 어떤 모습이든 정말 사랑했지만, 울지 않아도 되는 이모가 너무 보고 싶었다.

한참 후 의령 할머니는 수소문 끝에 한 요양 병원

을 알아냈다. 이모를 돌봐줄 곳이 있어 다행이라며 모두 안심했다. 그렇게 시간이 흘렀다. 당시 그 요양 병원은 환자와의 연락이 불가능했다. 환자 역시 밖으로 소식을 알릴 수 없었다. 이모의 안녕을 확인하기 위해선, 산골짜기 병원으로 직접 면회를 가야만 했다. 엄마와 아빠는 이모가 걱정되었다. 무소식이 희소식이라 해도 그를 눈으로 확인하고 싶었으리라. 결국 그들은 직접 병원으로 향했다.

그런데 곧 엄마와 아빠는 충격에 휩싸였다. 이모는 철창 안에서 울고 있었다. 나중에야 안 사실이지만, 당시에는 관리가 제대로 되지 않는 요양 병원이 흔했다. 폐쇄 병동처럼 갇혀 남녀 구분 없이 뒤섞인 정신질환 환자들. 온갖 방임이 여실히 드러나는 풍경. 그 속에서 이모가 겪은 말 못 할 일들. 이모는 철창을 붙잡고 엄마와 아빠를 향해 애원했다. 제발 꺼내달라고. 형부 나 좀 살려달라고. 그 어린 이모가 아빠와 엄마에게 마지막으로 소리친 말이었다. 엄마와 아빠는 병원에 다녀온 후 꺼낼 방법은 없는지, 어떤 절차는 없는지, 온갖 생각에 잠을 잘 수 없었다.

이후 이모는 병원을 나왔고, 얼마 못 가 결국 우리 곁을 떠났다. 엄마와 우리 모두 아직 어린 날이었다.

나는 모두의 표정을 읽을 수 없었다. 슬픔도 비통함도 모든 게 부족했다. 원망, 그런 게 필요했다. 이제라도 앓는 소리 덜 듣고 편해지시겠네. 다들 고생 많았다. 이제 편하게 지내. 유족을 향한 이런 위로는 아무런 도움이 되지 않는다는 걸 알았다. 시름이 지나간 자리는 개운해질 수 없다. 하나라도 이랬다면 어땠을까 하는 만약의 세상에서 나오지 못할 뿐. 이모가 자주 앉아 있던 마룻바닥은 이상하게 옹이가 푹 패인 것처럼 미끄덩거렸다. 유독 깊게 남은 자국 위엔, 이모 대신 사람들의 죄책감이 쌓여 있다. 우리는 마룻바닥을 지나며 그 자리에 있었던 이모를, 동생을, 딸을 생각한다. 할머니는 언젠가부터 담배를 피우지 않았다.

  넷, 사랑:

  의령 할머니의 꿈엔 솔이 이모가 자주 나왔다. 이모는 여전히 아팠고, 힘들다고 울었다. 가장 깊은 죄책감에 시달렸을 할머니의 마음에 해결이 되지 않은 존재였다. 거기선 아프지 말라고 보냈는데, 그도 아닌 걸까. 한을 풀어줄 순 없을까. 달래줄 수도 안아줄 수도 없는데.

의령 할머니는 이모가 떠난 뒤, 더 오래 사시곤 떠나셨다. 거기서는 이모가 웃으며 맞이해 줬을까. 자식들에게 사랑한다는 말은 좀 하고 사실까.

아니면 결국 또 <솔>을 집을까.

사랑은 가끔 감당하기 힘들 정도로 턱 밑까지 차올랐다가, 숨을 헐떡이게 만들고, 기어코 시험에 들게 한다. 망설이는 동안 애정은 똑바로 뻗어가지 못하고 구부러질 때도 있다. 그런 불순한 마음을 가졌다는 것만으로 죄인이 되기도 한다. 그래서 서로의 마음을 제대로 말할 수가 없었겠지. 이리저리 굽이쳤다는 건, 결국 어딘가로 나아가고 싶었던 사랑의 증거일 뿐인데. 구불구불 수형이 아름다운 소나무는 값이라도 톡톡히 받는데. 야속하게 <솔>이 피워내던 연기와 이모의 삶은 그러질 못했다.

이모의 시간이 어떻게 기쁨으로만 남을까. 아무리 생각해도 가슴이 터질 것만 같은 안타까움이, 몇 개의 단어로는 부족해 콧잔등까지 치고 올라오는 슬픔을. 감히 내가 어떻게. 이모가 가장 아름다웠던 시간을 생각한다. 우리의 손등을 매만지고 장난치듯 놀아주던 아름다운 모습이 우리에게 내내 기쁨이었다. 정작 이모가 울 때는 한 번도 안아줄 생각을 못 했지만, 모두가 이모의 웃음소리를 기억한다고. 이모의 존재가 너무나 큰 기쁨이었다고. 모두가 그랬을 거라고, 말해주고 싶다.

있었다

엄마와 아빠에게는 저마다의 꿈이 있었다. 달리기 선수가 되고 싶었던 엄마와 기자가 되고 싶었던 아빠의 어릴 적 장래희망을 말하는 게 아니라, 부모로서 가졌던 꿈 말이다. 그건 오직 나만이 기억하는 꿈이다. 그들은 아마 잊어버리고 말았을 꿈. 그건 한때 나의 꿈이었다. 어린아이는 소망을 숨길 줄 모르지만 이뤄낼 방법도 몰라서, 저도 모르게 재채기하듯 뱉어내곤 한다. 겨우 그런 게 평생의 꿈인 것처럼 들렸나 보다. 그들은 내 꿈을 가로채, 가슴 한 구석에 달아두고는 말했다. 새끼손가락을 걸며, 이 꿈은 당신이 꼭 이뤄주겠다고 말이다. 그 순간 꿈이 마치 이뤄지기라도 한 것처럼, 나의 꿈은 더 간절한 쪽으로 자리를 옮겼다. 그렇게 까먹고는 주저 없이 그건 엄마 아빠의 꿈이었다고 말한다.

그냥 아무것도 아닌 날. 엄마와 나는 뒷산 근처 시골 풍경을 보며 걷는다. 나는 버려진 풍선 하나를 발견한다. 그걸 보고 생일파티를 떠올린다. 친구들에게 늘 초대받는 파티. 나는 절대 하지 않을 파티. 엄마에게 나도 10살이 되면 케이크에 초를 부는 생일을 하고 싶다고 한다. 생일파티는 안 해줘도 된다고.

그런데 엄마답지 않게 친구들을 초대해 김밥에 탕수육까지 시켜주겠단다. 나는 치킨만 있어도 행복한데. 김밥도 좋겠다고 생각하며 색종이로 꾸밀 거실을 상상한다. 비싼 색종이 말고, 저렴했던 양면 색종이로 꾸밀 수 있는 최대한의 색 조합을 상상한다. 엄마는 10살만 기다리라고 한다. 그렇게 자신 있게 뭔가 해준다는 엄마의 얼굴이 낯설었기에 그 말을 철석같이 믿었다. 엄마는 몇 번이나 되뇌었다. 꼭 해주고 말 거라며. 엄마의 그 얼굴이 그냥 좋았다. 정작 10살이 되었을 땐 엄마에겐 잊어버린 꿈이 되었다. 10살의 나는 굳이 말하지 않는 게 나을 이야기가 있다는 걸 알고 있었다.

초등학생이 된 나는 갑작스레 '내 방'이 갖고 싶어졌다. 웬일인지 아빠는 다음에 이사를 가면 꼭 내 방을 만들어 주겠다 했다. 나는 믿기지 않는 것처럼 기뻐했다. 그럼 침대랑 책상도 있는 거냐고 물었다. 아빠는 당연하다고 새끼손가락을 내밀었다. 아빠도 나만의 방을 꾸며줄 생각에 신난 듯이 말했다. 그 이야기를 하던 때 아빠와 나는 작은 방에 앉아 있었다. 할머니, 언니 그리고 나까지 셋이서 누워 자는 작은 방. 그 방은 산타 할아버지에게 청바지 곰돌이를 달라고 빌었던 소원이 이루어졌던 곳이었다. 그러니 그것도 이루어질 거라고. 아빠가 이렇게까지 해주다니. 미안하니까 책상은 작은 걸로 골라야지, 생각했다. 그 이후 정말 형편이 나아졌고 큰 집으로 이사를 간 덕분에 방도 많아졌지만, 그때의 아빠는 다른 꿈으로 바쁜 것 같았고 또 다른 일들이 너무나 많았다. 나는 내 방에 갇히는 대신, 좁은 방에서 느끼던 그날의 평화가 그리웠다.

한참 후 나는 다른 꿈이 많은 상태였다.

꿈이 안 이루어지면 어때. 꿈을 쥐고 있던 시간에 속으면 안 된다. 말뿐이라 할지라도 우리에겐 그게 빛이었는걸. 움직여야 하는 이유. 물론 인생이 살 만하다는 사실이 가끔은 얼마나 끔찍한지 모른다. 딱 살 만큼만 숨이 붙어서 그냥 오늘뿐인 삶도 있을 텐데. 여기저기 갈라져 금이 가득한 그런 삶. 거기로 스미는 유일한 빛이었다. 깜빡깜빡 닳아가는 백열전구처럼 희미하고 볼품없는 불빛이었다 해도, 어두운 내 방에선 더할 나위 없이 강렬하고 따뜻했을 것이다.

엄마와 아빠가 걸어준 약속이, 그 다짐이, 나를 행복하게 해주겠다는 그 꿈이, 나에게는 기대였고 힘이었다. 그 꿈에는 나의 내일이 있었다.

잔돈

사랑은 뭔데 늘 계산을 벗어날까. 지나온 것들 다 그랬지. 죄다 똑떨어지는 법 없이 거스름돈이 남아, 제대로 쓰이지도 못하고 짤랑거리는 소리만 괜히 들리게.

아무 이유도 없이 오래 기억에 남은 것들이 있다. 어디 쓸 덴 없지만, 뭉쳐서 지폐로 바꾸기엔 애매해서 그냥 가득 차버린 잔돈들. 가끔은 힘이 되었다가, 가끔은 걸리적거리기도 하고. 어떻게 할 수 없는 자잘한 기억들.

아빠는 술에 취하면 꼭 빵을 사온다.

어릴 때 아빠가 살던 곳은 빵 공장 근처였다. 솔솔 풍기는 빵 냄새가 어찌나 좋았는지 모른다고. 공장 앞에 파지로 나온 빵들을 사 먹지는 못했지만, 보기만 해도 행복했던 시절이었다. 어른이 된 아빠는 빵을 잔뜩 사 들고 집으로 돌아가며 생각한다. 이만큼이나 사고도 아무렇지 않게 집에 들어갈 수 있다니.

엄마는 성적표보다 언니의 운동회를 더 중요하게 여겼다. 그중에서도 엄마를 소리치게 만드는 건 달리기였다. 운동장 스탠드에 앉아 있다가 트랙 옆까지 뛰쳐나가선 "뛰어라! 정아 뛰어라!" 하고 외쳤다.

분명히 너는 더 잘 뛸 수 있다는 듯이. 엄마가 처음으로 학교에서 들었던 칭찬은 '달리기를 잘한다'였다. 대표로 나가기도 했던 종목도 달리기. 초등학교의 영광으로 끝났지만 엄마는 영원히, 영원히, 그 훈장을 가슴에 품고 자기만큼 아니 자기보다 더 멀리 달려줄 아이들을 보고 싶었을 거다.

이뤄낸 기억이 아니라, 부족한 기억에서 남은 잔돈 같은 기억들. 거기서 나는 엄마와 아빠의 어린 시절을 생각한다. 마음 아프게 담아 두기 싫어 흘려들었다가 사랑했다가. 대충 그러다가, 또 잔돈이 남는다. 그건 가진 사람이 견딜 몫이다.

세월이 지나고 살 만한 척할 땐 옛날 얘기만 한 게 없다. 개중 아프지 않게 웃긴 걸로 꺼내본다. 나는 어릴 적, 길에 놓인 화단 창살이 모두 닭꼬치이길 바랐다는 꿈을 읊었다. 모두 웃었으면 하는 바람에 가장 귀여울 만한 걸로 꺼낸 건데. 아빠는 마음이 아프다며 크게 웃지 못했다. 그때는 왜 몰랐을까 하는 표정으로.

나는 흔들리지 않기로 했기에 아픔을 그의 몫으로 미룬다. 종종 치사해지고 싶을 때, 부모로서 감당

해야 할 감정이 있을 거라고 생각한다. 그게 각자의 잔돈이라고 생각한다. 가끔 짤랑이며 마음을 건드리는 것. 그를 감당하는 건 각자의 몫이라고.

[사불상] 사슴과의 동물. 당나귀의 몸에 말의 얼굴, 사슴의 뿔, 소의 발을 한 것 같지만, 전체적으로 보면 넷 중 어느 것도 닮지 않은 동물이라 하여 사불상(四不像)이라 한다.

어느 만화 캐릭터가 내가 좋아하는 무민을 닮았기에 찾아보니 사불상이라 하였다. 사불상이 뭔데? 찾아보니 이름이 참 슬픈 친구였다. 몇 마리 남지 않은 사불상들은 말도 사슴도 소도 당나귀도 아닌 존재로 불리다 죽어가는 건가. 하나를 설명하기 위해서 다른 것들이 아닌 '그거'라니. 그럼 나는 수지도 영희도 철수도 아닌 그 무엇이다.

하지만 어쩌면 내가 아닌 것들이, 나를 가장 잘 설명하는지도 모르겠다. 뭔인 척해도, 뭐가 아닌 진실들. 내가 말한 거짓들. 결국은 그게 다 나라는 거니까. 매번 해대는 거짓말도 있고, 저항하기 위해 양심의 거짓말, 지적 허영심, 촌스러워 보일까 봐 등 각종의 이유로 해댄 내 거짓말들. 자아 성찰의 도구로 한 번 고백해 볼까 하는 생각이 든다.

〈그 어느 것도 내가 아닌 나. 전비기의 거짓말들.〉

하나. 한자 기본 상식은 아는 척함(연기로 승부).

어릴 때 한자를 배운 적 없고, 중학교 때 한자가 필수 교육이니까 배우겠거니 함. 그런데 입학할 때 컴퓨터반과 한자반 중에 선택을 하라고 함. 선택한 쪽을 좀 더 많이 배우는 건가 싶어서 컴퓨터반을 선택함. 나는 컴퓨터를 잘하니까. 그런데 아예 한자라는 과목을 배우지 않는 거였음. 당황스러움. 그렇게 고등학생이 됨. 여기서 다시 한문 수업이 있으니 배우겠거니 함. 그런데 한문 선생님께선 다 아는 거지? 하고 자습을 시킴. 그 와중에 시험 범위를 잘못 알고 열공함. 상형문자 외우듯 다 외웠는데 모르는 거만 나옴. 4점 나옴. 반에서 꼴등함. 애들이 다 웃음. 처음 겪어보는 일이어서 나도 웃었음. 한자를 모르는 게 언어 영역 점수에 지장을 주지 않았음. 그래서 문제의 심각성을 인지 못함.

그러다 국어국문학과에서 고전문학을 만남. 원문 해독을 하다가 눈물을 흘림. 심청전과 춘향전 모두 내 눈물 자국 없는 구절이 없었음. 그러나 눈물은 힘이 없음. 지금은 다 까먹음. 조기교육이 짱임. 이제 믿을 건 무의식 속 자아밖에 안 남음. 그래서 화장실

벽에 장원한자에서 나눠준 포스터를 붙임. 6급은 기본적인 거임. 그렇게 삼 년이 지남. 여전히 자신 없음. 읽고 쓰는 생활에 문제가 없는 이상, 이대로 영원히 떼어지지 않을 수도.

둘. 영어 잘 통하는 척함.

영국살이로 배짱만 늘어서 싸움닭이 되었는데, 의사소통 잘 되는 거처럼 보임. 안 통해도 그냥 자신만 있게 얘기함. 나는 말을 할게, 이해는 네가 해. 이런 식임.

눈치는 빨라서 듣기는 잘함. 내 대답만 엉망임. 어이가 없겠지만 미국식 영어는 잘 못 알아들음. 그렇다고 영국식 영어를 할 줄 아는 것도 아님. 물론 영국인 장기자랑 같은 몇 개의 킬러 문장을 보유하긴 함. 어학연수 다녀왔다고 말하는 게 제일 식은땀 남.

셋. 술자리에서 연애사 배틀하면 뻥튀기 시나리오 짬.

지금은 아니고 20대 내내 가졌던 버릇임. 아주 피곤했던 시절임. 사랑이 가치였던 시절. 에휴. 그 가치에 발맞추기 위해 살을 많이 붙임. 내 모든 럽라는 이때 태어남. 있는 대로 말하기엔 술자리가 재미없

고, 뭔가 사람이 대단해 보이지 않는다고 생각함. 별
거 없이 만났다 헤어지고, 혼자 좋아했다가 개같이
멸망하고, 찰나의 콩깍지로 인한 개차반과의 만남,
이런 건 썰로 풀 수도 없게 애매하잖아.

넷. 작품 본 척하기.

왜 이러는지 이유는 모름. 직업이 이런 쪽이니 콘
텐츠를 정말 많이 보고 사는데, 그런데도 안 본 게
있다고 생각하면 너무 억울한 거 아닐까 싶음. 사실
그런 거 아니면 지적 허영심이나 소외감에 대한 저
항인데 너무 모지리 같은 거짓말이긴 함. 근데 나도
모르게 또 그럴 수도 있으니 차라리 진짜 가짜 구분
법을 알려드리겠음.

구분법

1. 그거? 살짝 봤어. 어쩌고저쩌고 관한 내용이지?

: 100 프로 안 봄.

2. 어 좀 봤어. 그 부분 어쩌고저쩌고 너무 슬프더라.

: 유튜브 요약본 봄.

3. 와! 봤는데 까먹었다, 이씨. 뭔 내용이더라?

: 진짜 봄.

다섯. 나 오늘 마감이라 못 만나.

대부분 마감을 끝내지도 않았을뿐더러, 마감날도 아님. 그냥 이 정신, 이 에너지로 잘해줄 자신이 없어서 안 나감.

여섯. 뮤지컬 장르 이해하는 데 한참 걸림.

어릴 때 뮤지컬을 보고 자랐으면 좀 좋았을 텐데 그런 걸 보고 자라질 않다 보니, 다 크고 머리가 굳은 후 접하게 된 뮤지컬은 뭔가 어색해 보였음. 말을 왜 노래로 하는 건지 이해하지 못함. 그런데 진짜 노래로 말하는 파워 외향인 친구를 만나고 조금 익숙해짐. 그러다 런던에서 본 〈빌리 엘리어트〉가 인생 뮤지컬이 되면서 아름다운 공연의 맛을 조금 알게됨. 물론 스코티쉬 억양 때문에 대부분 눈치로 알아들었지만. 아직도 대단한 작품들 이야기 나오면 공감을 못하고 허공에 박수만 침. 촌스러워서 슬픔.

일곱. 내가 지은 말인데, 누가 한 말처럼 명언화 시킴.

내가 어떤 말을 하고 싶은데, 나라는 껍질로는 뭔가 꼴 보기가 싫을 때가 있음. 은근히 '이런 말이 있던데' 하면서 적으면 그나마 나아 보임. 스스로의 느끼함을 씻어내기 위해 시작한 행동임. 하여간 좋은 말인데 내가 뭐 대단한 놈이 아니어서 먹히지가 않을 것 같음. 근데 좀 괜찮은 방법 같기도 함.

적다 보니까 우리가 이렇게 가까운 사인가 싶다. 적당히 즐거웠으니 그만해야겠다.

항해를 위한 증거

노력 없이 그냥 잘하는 재능이 좋았고 그걸 최대한 흔들며 사는 게 좋았다. 필사적으로 노력하고 싶다가도 그 정돈 아니라고 애정을 부정하기도 했다. 나의 자랑은 늘 반짝이다 만다. 하나 해놓고 늘 으스대는 거다. 어쩌다 떨어지는 행운이 내 머리 위를 조준하기만 기다렸지, 그를 위해 달려가는 연습조차 안 했다. 타고난 순발력도 없으면서 말이다.

　이런 나였으니, 꿈을 꾸고 나면 '길몽'은 아닌지 늘 확인하고 싶었다. 그냥 떨어진 행운이니까. 그날 꿈엔 손흥민 선수가 나왔다. 평소 축구를 좋아하기도 하고 축구선수가 나온 적은 많았지만, 다들 아스널 유니폼을 입은 단체 경기거나, 흐릿한 느낌이었는데. 손흥민이라니? 그는 리빙 레전드 이피엘의 아이콘이 아닌가? 꿈자리를 더듬어 보았다. 뭘 했더라. 내 폰 액정이 깨져서 깔깔 웃는 꿈이었다. 꿈에서도 신기하고 기분이 좋았나 보다. 찾아보니 해몽에선 사건보다 사건을 본 나의 기분이 가장 중요하단다. 그렇다면 이건 대박이지. 로또를 살까 고민하다 그 행운을 캐스팅에 쓰기로 한다. 그러나 몇 달 뒤, 그 꿈의 행운이 어디론가 사라졌다는 걸 깨닫는다. 로또를 살까 말까 망설이던 가판대 앞에서 누군가에게 흘러갔음이 분명하다. 아, 이제는 뭘 믿고 힘차게 달려야 할까나. 행운을 바라는 일도 힘이 빠진다. 사실 힘이 빠지는 이유는 내가 잘 안다. 생각하는 만큼 노력을 하지 않는 내가 싫어서.

조금 더 대가들의 이야기를 들어보자.

무라카미 하루키는 매일 러닝을 하고, 나의 첫사랑 한강 작가님은 매일 시집 한 권을 읽고 두 시간의 운동을 한다고 했다. 음, 할 수 있을 것 같은데 전혀 할 수 없을 것 같은 일들이다. 사실 작은 배의 선장이라도 되려면, 아니 내 배의 선장이 되려면, 목적지를 사랑하는 것보다 항해를 사랑하는 사람이 되어야 하는데. 그렇게 순수하게 나의 길을 가기엔 나는 그래도 뭔가가 되고 싶다. 누군가 봐주는 뿌듯함을 느끼고 싶다. 그래, 삶의 목격자 없이 어떻게 버려요. 그러니까 잘 살아야 하는 건데. 이렇게 내가 나에게 잘 대접해야 하는 이유를 조금 일찍 알았으면 지난날 동굴 벽화 새기는 일은 없었을 텐데. 아니지. 새겼기에 아무는 일이 생기는 거다. 그게 경험의 자리다.

꾸준한 항해사가 되긴 글렀다 싶어, 그냥 좀 잘 풀

리는 인생을 상상해 본다. 중둔근 운동 한 세트만 해도 일 년치의 근육이 채워지는 나. 한 줄의 글로 세상을 떠들썩하게 만드는 나. 타고난 체력으로 늘 밝은 에너지를 유지하는 나. 그러나 정말 어쩌다 그런 날이 오면? 분명히 촌스러울 거다. 이유 없는 성공이 온다면, 촌스러운 나는 아마 칭찬에 몸 둘 바 모르며 얼떨떨하게 받아들고 서겠지. 누군가 다가오면 그럴 줄 알았다고 금세 돌려줄 요량으로. 이 이유 없는 영광은 내 것이 아니라고, 불안의 땅은 또 양분을 얻어버릴 것이다.

그래. 자존감이 형성되는 시간. 이미 다 큰 내가 그것을 자체 생산하려면, '노력' 뿐이다. 노력을 믿으려면, 내가 노력을 해낼 사람이라는 증거가 필요하다. 나는 나에게 좋은 사람이라는 거. 나에게 떳떳한 사람. 그래서 증거를 모아보기로 했다. 어디 얘기하긴 애매한데 언젠가 비관적인 미래를 위해, 미리 생길 치즈 구멍에 채울 것들.

〈내가 좋은 사람이라는 증거(본인확인용)〉

1. [건드리지 마시오/ do not touch] 적힌 물건들 보면 뒷짐 지고 봄. 주인이 나를 경계하지 않도록 편안하게 해드리고 싶음. 문제는 비록 사야 한다 하더라도 멀찍이 바라본다는 거.

2. 혼자 비행기를 타본 적 없는 엄마를 위해, 핸드폰으로 공항 들어가는 동선을 다 찍어서 설명하는 영상을 만듦.

3. 밥을 유독 천천히 먹는 친구가, 처음으로 우리 집에 놀러 왔을 때. 엄마와 친구가 둘만 계속 먹으면 어색할까 봐, 배부른데도 밥을 계속 더 먹은 것.

4. '후기는 많은 힘이 됩니다' 하는 문구를 늘 믿고 힘을 보탬. 안 좋은 말은 비공개로 함. 별점은 꼭 다섯 개를 줌.

5. 내가 먹을 건 예쁘지 않은 그릇에 놓고, 좋아하는 사람은 예쁜 그릇에 놓아줌.

6. (예정)

이렇게 많이 없으니 항해가 온전치 못한 건 당연한 걸까. 이것도 적당히 비워두면, 언젠가 잊고 살다가 항로에서 생각지도 못하게 멈춰버리겠지. 그럼 그때 마저 채워야겠다. 내 항해는 계속될 수 있다고 믿음을 주고 싶을 때.

굴렁쇠와 다람쥐

'하면 잘해.' 가슴 속에 이 말 하나만 걸어두고 사는 놈이 있다. 그게 바로 이 자의 비극이다. 매달아 둔 굴비에 맨밥만 먹는 건 배라도 채우지, 한다면 하는 놈이란 믿음을 달고 사는 건 늘 헛꿈만을 채운다. 쉴 틈 없이 돌아갔던 시간을 추억처럼 꺼내며 말이다.

오랜 시간 팀으로 일해왔고, 예능 프로그램을 굴리는 동안엔 나도 함께 굴렀다. 우리는 피자 조각처럼 각자의 위치가 나뉘어 있었지만, 하나로 엉겨 붙어 데구루루 굴렀기에 한 조각이라도 덜컹거리면 다른 쪽이 늘 찌그러졌다. 대부분 생각할 시간도 없이 일이 쏟아졌기에, 조금이라도 덜 굴러가는 구석이 있으면 속으로 이 새끼 저 새끼 하며 이를 갈았다. 그때 쏟아낸 분노가 부지런히 지구 한 바퀴를 돌아, 내 뒤통수를 때리고 귓바퀴를 깨물 줄은 몰랐는데. 그렇다. 나는 지금 스스로에게 이를 가는 '그 새끼'가 되었다. 오롯이 홀로 작품을 심고 빚는다는 때깔 좋은 감투를 쓰고 나서야 깨달은 거다. 나는 스스로 굴러가는 법을 모른다는 걸.

'5주에 팔만 원? 이거다! 됐다 됐어.'

어느 날 어슬렁대던 글방에 글쓰기 모임 공고를

발견했다. 정해진 시간에 모여 글을 쓰는 단순한 모임이 너무나 반가웠다. 마침 벼랑 끝에 매달려 손톱에 못 하나만 찍어두고 살아가던 참이었다. 하다 못한 마감이 손톱까지 갉아 먹으면 어쩌나 하던 중에 다행히 피자 조각이 될 기회가 생긴 거다. 동그랗게 노릇노릇 구워져 나온 피자의 일부가 되어, 배달이 될 때까지 제 몫의 자리를 잘 차지해야지. '저기요 피자 한 조각이 비는데요?' 하면 얼마나 면이 안 서겠어. 나 때문에 옆에 있던 조각들도 휩쓸리고 망가지면? 부지런한 모두가 엉망이 된다면?

빌런이 되는 상상은 나를 움직이게 만든다. 눈치먹고 굴러가던 습관이 이럴 때 좋구나. 그래. 나는 모범 굴렁쇠였지. 누군가 몰아주기만 하면 신난 듯이 굴러가는 굴렁쇠 경력직 10여 년 차. 게다가 낮짝 까놓는 단체 행동이라면 게을러진 나를 쓸 만한 놈으로 만들어 줄지 모른다. 이 기회에 굴렁쇠에서 벗어나는 거 아닐까? 아니, 어쩌면 난 다람쥐가 아니었을까? 내 쳇바퀴는 내가 굴리는 그런 성실한…. 그렇게 나는 고작 팔만 원으로 인생 전체를 고쳐 쓰는 꿈을 꾸었다.

세상에. 양심이 언제부터 이 지경으로 망가졌을까. 그건 아마 쓰는 걸로 돈을 벌게 된 순간, 책임을 느낀 후부터다. 세상을 잘 담아야 한다는 책임감. 빈틈없이 해내야 한다는 압박감. 내 몫의 쳇바퀴에 놓인 후, 많은 사람의 시선들을 느꼈다. 얼마나 재밌게 놀아댈까? 그렇게 잘 논다며? 하는 무언의 이야기들. 그렇게 나는 써야 할 글을 제때 쓰지 못했다. 그 와중에 망할 용기는 없어서 망하지 않을 정도로만 지켜냈다. 많은 날을 누워 지내다 마감 전날 신들린 사람처럼 손끝을 혹사시켰다. 잘 만든 음식을 대접하고 싶었는데, 그저 모아둔 재료를 토해내는 게 최선이었다. 그렇게 마감을 치르고 나면 늘 웅크려 울었다. 웅크리는 시간은 길었다. 목청이 씩씩해질 때까지 전화는 피했고, 택시를 타면 보이지 않게 가로로 누워 울었고, 편의점에서 콜라를 살 땐 눈을 비비는 척하며 울었고, 옆에 누운 사람이 나쁜 꿈을 꿀까 봐 울렁대는 목청을 잡으며 소리 없이 울었다. 해가 뜨면 새로운 내가 올 거야. 그때는 다시 구를 힘이 생길 거야. 혹평을 들은 것도 아니고 나를 믿어주는 사람들이 없는 것도 아닌, '누가 봐도 살 만한 사람'은 그래야 했다. 오직 내 탓만 남은 그 세상에선 그랬다. 쓰는 게 너무 좋은데 읽힐 궁리를 하면 쓰기가 싫었다. 정확히 말하면 내 글이 어느 정도의 마음을 퍼 올릴 수 있는지 계산하는 게 끔찍했다. 근데 그럼 누가 하나.

그래도 세상 사람들의 삶을 빌어먹으며 쓴다는 책임감이 나를 새로운 쪽으로 움직이게 했다. 나와 상관없는 사람들의 삶에도 관심을 더욱 두기 시작했고 저변에 깔린 모든 것들을 수면 위로 올리기 위해 늘 궁리했다. 돈 되는 이야기가 아니라 제작 자체가 힘들어질까 봐, 어떻게든 팔릴 만한 이야기로 만들어 그 삶들에 애정을 느끼게 하고 싶었다. 단순히 깊은 어둠 근처에서 서성이며 호기심에 건드리는 게 아니라, 폴짝 뛰어들어 어둠 속을 응시하여 빛을 찾는 과정이 얼마나 의미가 있는지. 이건 내가 이야기를 만드는 가장 큰 이유고, 모든 사람의 삶을 사랑하는 방법이 되었다. 다만 그 많은 어둠 중에 '나의 그늘'은 쏙 뺐다는 게 문제였지만.

사실 내가 되고 싶은 건, 히트작을 내거나 다작을 하는 그런 큰 숲이 아니다. 두 시에 만나기로 했으면, 두 시에 나타나는 사람.

그게 다인데.

하지만 나는 두 시가 되면, 세상에서 가장 흠집이 많은 인간이 되어 숨을 곳을 찾았다.

내 틈이 벌어질까 늘 무서워하느라 쳇바퀴 하나 못 굴릴 줄은 몰랐다. 내가 표현하기로 한 삶을 무책임하게 미루는 게 치졸하고 모순적으로 느껴졌다. 병원에 몇 년을 다니며 마음을 치료하고 있지만, 결국엔 의사 선생님에게도 '괜찮음'을 어필하며, 빠르게 진료를 마치려 했다. 그렇게 세상에 생떼를 쓰는 동안, 내 그늘에 질려 떠난 친구 K가 떠올랐다.

네 말이 맞았어. 세상엔 정리하지 않아도 되는 게 더 많더라. 어느 목공소 공방에서, 누구도 목재를 정리하지 않는 걸 봤어. 다들 여기저기 나뒹구는 목재를 껑충 뛰어넘으며 수업을 듣고, 이야길 하고, 작업을 해. 몰랐으면 몰랐지. 알고 나니 또 한숨 제어가 안 되더라고. 미간을 찌푸린 지 오래고. 그래서 난 작업에 방해가 되지 않는 선에서 조금씩 목재들을 정리했어. 선생님이 수업을 마무리할 쯤엔, 내가 정리한 목재들이 하나의 기둥처럼 차곡차곡 쌓여 있었지. 난 여기서도 결국 '좋은 사람'이 되었나 보다 싶었어. 솔직히 좀 뿌듯했거든. 선생님이 정리된 목재를 발견하기 전까지는 말이야.

"아이구. 목재는 이렇게 두지 마세요."

마르지 않은 목재로 문을 만들면 수축이 되어서 전체가 비틀린대. 그래서 목재를 둘 땐 꼭 틈이 필요하다는 거야. 마를 수 있게 공기가 드나들 수 있는 틈. 그것도 모르고 바짝 모아놓은 목재를 보니, 내 얄팍한 선의를 타고 불길이 머리끝까지 타오르더라. 뭐가 그렇게 부끄러웠는지. 나중엔 울컥하기까지 하더라니까. 그리고 너를 떠올렸어. 늘 도망가듯 숨어버리는 나를 어떻게든 불러 세웠던 너를.

있잖아. 정말 몰랐어. 흠은 틈이 될 수 있다는 걸.
숨기느라 바빴던 나의 흠. 그 작은 틈에 누군가를 앉힐 수도 있다고.

요즘엔 내가 마주친 수많은 틈을 떠올려. 오래된 상가 건물 틈 사이, 조그맣게 자리 잡은 네발자전거, 숨 쉴 틈 없이 빼곡한 빌라 위, 옥탑에 널어둔 빨래에 바람이 지나가는 모양. 모두가 잠든 새벽에 엄마 몰래 돼지고기를 빼먹기 위해 살짝 어긋나게 올려둔 김치찌개 냄비 뚜껑, 촬영장에서 신발이 벗겨져도 신을 틈 없이 뛰어다니느라 까매진 스태프의 양말 바닥, 방금 전까지 남자친구와 다투다가 걸려온 전화에 '엄마!' 하고 밝게 웃는 여자…. 그리고 내가 만난 사람들이 조심스레 보여주던 저마다의 그늘까지. 기꺼이 나는 그곳에 들어가 그 사람을 사랑하고, 위로하고, 어루만졌어. 이 흠은 빛이 스며들 길이라고 응원도 했지.

그런데 집으로 돌아와선 뒤로 숨기고 있던 내 흠을 꺼내. 마구 긁어대면서 대체 언제 사라지는 거냐고 떼를 쓰고 상처를 내. 앞에 놓인 사람의 마음을 그럴싸하게 털어주는 동안, 나는 곪아가는 거야. 그런데 그렇게 숨겨도 기어코 찾아내는 사람들이 있긴 해. 그 사람들을 향해 미소를 지으면서도, 속으론 늘 핏발을 세우며 눈을 흘겼어. 왜 굳이 여기로 들어왔나 싶어 원망스러웠지. 그런데 그 틈에 들어온 사람들 중에, 내 상처를 구경하러 온 건 아무도 없더라. 그냥 웅크린 나를 보러 온 거야. 제 살을 포개어 기어코 메워주겠다고. 나는 왜 나에게는 그런 일이 생기지 않을 거라 여긴 걸까. 왜 나를 향해 공들이는 그 시간을 몰랐을까. 내 틈을 왜 정리하려고 했을까. 그 누구도 앉을 수 없게.

실은 알고 있다. K가 떠난 건 내 그늘에 질려서가 아니라, 그늘을 볼 기회조차 주지 않아서다. 결국 내가 쫓아낸 거다.

[약속을 어겨서 미안해. 망가진 내가 부끄러웠어.]

[날 키워준 할머니의 시간에 보답할 수 없어 힘들었어.]

[온몸을 꼬집고 뼈가 상하도록 걷고 구역질을 해댔어.]

[새벽에 해가 뜨는 게 야속해서 한강 갈대밭에 웅크려 울었어. 너랑 본 노을이 그리웠어.]

[나도 네가 보고 싶었어. 나는 너를 정말 정말 사랑해.]

겨우 이런 얘기를 못 해서 말이다.

아직도 빈틈을 들키면 도망갈 궁리만 한다. 정작 그 용기도 없을 땐 변명을 챙긴다. 괜찮은 나를 찾느라 시간은 흐른다. 모두가 그냥 '나'를 원할 뿐인데. 이젠 대놓고 넘어지는 연습을 해보려 한다. 땅바닥 대신, 누군가 건넨 손을 믿어보라고. 그러니 말해야 겠다. 믿음의 다람쥐가 될 테니… 하루만 더 달라고 말이다.

넘어지는 기쁨

초판 1쇄 발행   2025년 3월 25일

지은이   전비기
펴낸이   서재필
책임편집   김현서

펴낸곳   마인드빌딩
출판등록   2018년 1월 11일 제395-2018-000009호
이메일   mindbuilders@naver.com

달로와는 마인드빌딩의 문학 브랜드입니다.

ISBN 979-11-92886-82-4 (03810)